Die vier Jahreszeiten des Todes

Von Antonia Günder-Freytag

Impressum

1. Auflage, 2019

Copyright © Antonia Günder-Freytag, München

Kirchbachweg 18a, 81479 München

Herstellung und Verlag: BoD - Books on Demand, Norderstedt

ISBN 978-3-7528-2931-0

Mail:

  http://antonia.guender.freytag@gmail.com

Homepage:

http://antonia-guender-freytag.de

Cover und Gestaltung: BOD und Antonia Günder-Freytag

Coverbild: Pixabay by OpenClipart-Vectors und makamuki0

Lektorat/Korrektorat: verschiedene Lektoren und Korrektoren

Bibliographische Information der Deutschen Nationalbibliothek:
Die Deutsche Nationalbibliothek verzeichnet diese Publikation in der deutschen Nationalbibliothek; detaillierte bibliographische Daten sind im Internet über http://dnb.dnb.de abrufbar.

Buchbeschreibung:

«Immer sind sie alle tot!», warf mir mein damals 10-jähriger Sohn vor.

«Stimmt doch gar nicht», behauptete ich.

Ich gestehe, er hatte recht. Aber finden Sie es nicht auch erstaunlich, dass es nicht noch viel mehr Tote gibt?

Ein aufgeschnapptes Gespräch am Nachbartisch, eine Unterhaltung am Weihnachtsmarkt, eine dahingeworfene Beleidigung im Vorübergehen. Motive gibt es genug. Ich bin nur der Sammler, der Worteweber. 16 kurze und lange Geschichten erwarten den Leser.

Und ja, es gibt Tote.

Über die Autorin:

Antonia Günder-Freytag, Jahrgang 1970 war schon immer eine Leseratte und konnte nicht genug von Krimis, unheimlichen Geschichten und historischen Büchern bekommen. Kein Wunder, dass sie selbst zur Feder griff.

Mittlerweile ist eine fünfteilige Krimireihe, ein Fantasybuch und ein romantisch-gruseliger Irland-roman von ihr verlegt worden. Sie ist in

verschiedenen Anthologien vertreten und weiter Projekte stehen in den Startlöchern. Unter anderem ein historischer Roman, ein Kinderbuch und eine neue Krimireihe ...

Die vier Jahreszeiten des Todes

16 kurze und lange Geschichten

Von Antonia Günder-Freytag

antonia.guender.freytag@gmail.com

antonia-guender-freytag.de

Für meine Familie

Inhaltsverzeichnis

Frühling

Hundeleben

Angelina balanciert auf den Zehenspitzen, hält sich das rechte Auge zu und späht aus dem Fenster. Lugt durch einen Schlitz des heruntergelassenen Rollladens – bringt das linke Auge ganz nah an die kalte Fensterscheibe.

«Bleib vom Fenster weg», hat Mama immer gesagt, wenn sie das verdunkelte Zimmer betrat. Manchmal hat sie Essen mitgebracht.

Angelina weiß, dass sie allein ist. Die Wohnungstür ist schon lange ins Schloss gefallen.

Sie wagt es. Vereinzelte Jogger laufen durch das Wäldchen vor ihrem Fenster. Zu schnell, um interessant zu sein.

Sie wartet auf Frau Holle und Schufti.

Angelina nennt die dicke Frau so, weil ihre Kleider so groß sind wie Bettbezüge. Schufti ist ein kleiner Hund.

Als Mama ihr früher noch vorgelesen hat, gab es in ihrer Lieblingsgeschichte einen Hund, der hieß Schufti.

Früher, als Er noch nicht da war.

Angelina zittert. Sie kann sich kaum auf den Beinen halten, will zurück zu ihrer Matratze. Da taucht Frau Holle auf. Doch wo ist Schufti? Frau Holles weiter Mantel wirbelt um sie herum, sie scheint zu rufen. Nach Schufti?

Trotz weicher Knie wartet Angelina, bis der Hund auftaucht. Frau Holle kramt in ihrer Handtasche, zieht etwas heraus und steckt es sich in den Mund. Etwas zu essen? Nein, eine Pfeife. Angelina sieht die kleine silberne Pfeife blitzen.

Früher, als sie noch zum Spielen herausdurfte, früher also, bevor Er gekommen war, hat sie oft Hundebesitzer beobachtet. Sie hatten Pfeifen, deren Ton der Mensch kaum hörte.

«Hunde schon», hat Mama erklärt.

Schufti anscheinend nicht. Vielleicht hat sich Mama geirrt.

Jetzt holt Frau Holle etwas aus der Tasche, das aussieht wie eine Wurst. Sie wedelt damit in der Luft und ruft die ganze Zeit.

Hören kann Angelina freilich nichts.

Die Fensterrahmen sind an den Rändern mit Klebeband zugeklebt.

«Damit du nicht auf dumme Ideen kommst», hat Mama gesagt. Dabei ist der Rollladengurt abgeschnitten.

Ja, ganz sicher. Es ist eine Wurst. Angelina würde alles dafür geben, in diese Wurst zu beißen. Doch sie hat nichts zu geben. Der dunkle Raum ist leer.

Mama hat alles weggenommen.

«Ich muss das verkaufen. Du kostest zu viel»,

hat Mama erklärt. Mama und Er haben alle Möbel und Spielsachen hinausgetragen. Später hat Mama die Glühbirne aus der Lampe gedreht. So teuer war sie.

Angelina würde ihre Matratze gegen die Wurst tauschen, so hungrig ist sie. Kommt Schufti und holt seine Wurst? Frau Holle rennt noch immer hin und her. Der kleine Hund bleibt verschwunden. Angelina muss sich setzen. Ihr ist schwindelig. Sie krabbelt zu ihrer Matratze, tastet nach dem Glas Wasser, das Mama hingestellt hat. Das Wasser schmeckt abgestanden und warm. Sie nimmt einen kleinen Schluck, bleibt auf dem Bett liegen und zieht die Beine zum Bauch. Er tut schrecklich weh.

Sie lauscht. Ihr Magenknurren ist verstummt. Dafür hört sie Martinshörner. Sie rappelt sich mühsam hoch. Zurück am Fenster erkennt sie zwei rote Feuerwehrwagen. Männer laufen durcheinander. Schütteln mit den Köpfen. Dann kommen andere Wagen. Gelbe.

Angelina erkennt diese Wagen nicht. Noch mehr Männer steigen aus. Auch diese schütteln mit den Köpfen. Einer telefoniert. Mittlerweile ist es dunkel. Scheinwerfer erhellen das Wäldchen und viele Menschen. Angelina versucht sie zu zählen.

Sie zählt ungefähr zwanzig.

Es wird Nacht. Angelinas Augen tränen. Trotzdem kann sie nicht aufhören, den Männern zuzusehen. Dabei machen sie nicht viel. Sie stehen herum und unterhalten sich, essen Brote. Einer der Männer verteilt Becher, die dampfen. Es ist kalt draußen.

In Angelinas Zimmer ist es auch kalt. Die abgewetzte Babydecke, die sie um die Schultern trägt, wärmt nicht. Die Heizung ist schon lange abgestellt, der Heizregulierer abgeschraubt.

Die Räume rund um Angelinas Zimmer würden ihrem Raum genug Wärme geben, hat Mama gesagt.

Angelina setzt sich. Ihr ist schlecht. Sie übergibt sich. Das bisschen Wasser von vorher fließt ihr aus dem Mund und läuft über das viel zu kleine Unterhemd. Ihr wird schwarz vor Augen.

Angelina hört Motoren. Sie zieht sich an der Fensterbank hoch. Draußen ist es hell. Neue Autos stehen da. Die Feuerwehr ist weg. Blaue Lkws machen Lärm. So viel Lärm, dass sogar sie es hören kann. Hoffentlich beschweren sich die Nachbarn nicht.

Als sie, ganz am Anfang, als Er eingezogen war und Mama sie ins Zimmer gesperrt hat, gegen die Tür polterte, hat Mama sie geschlagen. «Mach keinen Lärm!», hat Mama geschimpft. «Die Nachbarn beschweren sich.»

Dabei musste sie aufs Klo.

Jetzt macht sie, wenn sie muss, in eine Ecke.

Mama hat die Nase gerümpft.

Ob Mama darum nicht mehr kommt? Weil es stinkt?

Angelina sieht, wie die Männer applaudieren. Einer hebt Schufti über seinen Kopf. Frau Holle reißt ihm Schufti aus den Armen. Sie drückt, küsst und streichelt ihn. Die Männer klopfen sich auf die Schultern und steigen in die Wagen.

Schufti bekommt seine Würstchen. Angelina zählt vier Stück und lächelt. Schufti ist wieder da. Sie schließt die Augen und lässt sich auf den kalten Boden gleiten.

Randnotiz: Die Bergung des Dackels in München-Harlaching kostete 16.000 Euro.

Laut Bundeskriminalamt wurden im gleichen Jahr 2905 Misshandlungen und 1178 Vernachlässigungen von Kindern in Deutschland registriert.

Die Experten sind sich einig, dass dies nur die Spitze des Eisbergs sein kann. Man geht von einer weit höheren Dunkelziffer aus.

Erschienen in der Anthologie «*Jedes Wort ein Atmenzug*» Kriminelle Geschichten. Erschienen 2014 im Karina-Verlag

Liebe - Glaube - Hoffnung

Schottland, 1545

Ich wuchs in Schottland, in diesem tragischen, von düsteren Leidenschaften zerrissen Land auf. Finster und romantisch wie eine Ballade war dieses, vom Meer umfangene kleine Inselreich im hohen Norden Europas. Mein Vater war das Oberhaupt der Mc Quiets, einem Clan der seinen Reichtum daraus bezog, dass er ihn vermehrte und nicht durch sinnlose Streitigkeiten mit anderen Clans vergeudete. Die Abgelegenheit unseres Landes ermöglichte seine Sparsamkeit. Es war die Zeit der Stuarts und Tudors. Schottland war kleineren und größeren Kämpfen und Kriegen gegen England und den ständigen Scharmützeln zwischen den Clans unterworfen. Ich wuchs unbehelligt davon auf.

Meine Erziehung war standesgemäß streng. Ich arbeitete mit den Männern auf den Feldern, ich lernte lesen und schreiben. Ich widmete mein Studium der Bibel und lernte fechten und reiten. Kurz, ich lernte alles, was ein zukünftiger Laird wissen musste. Nur eins konnte ich auf unserm Stammsitz, der so versteckt lag, nicht lernen: Wie es um die politische Lage der Welt beschieden war. Deshalb war mein Vater der Meinung, dass ich, sein einziger Sohn und Erbe, die Welt und ihre Politik kennenlernen sollte. Mit zwanzig Jahren brach ich auf. Ich bereiste das Festland von Frankreich bis nach Spanien und kam auf meinem Rückweg durch Andorra. Das kleine, von Besitzstreitigkeiten gebeutelten Land, tief versteckt zwischen den Gipfeln der Pyrenäen, ähnelte Schottland und ich fühlte mich mit den Menschen und Landschaft verwandt.

Dort in Andorra lernte ich meine Frau Rosa kennen. Sie brach mit einer Gruppe von gleichaltrigen Mädchen aus einem Gebüsch hervor, brachte mein Pferd zum scheuen und ich erblickte sie das erste Mal auf dem Boden sitzend. Ich hielt sie, wie sie barfuß vor mir stand und lachte, für eine Magd. Sie half mir mein Pferd einzufangen und errötete, als ich ihr als Gegenleistung ein Geldstück zustecken wollte. Ohne Verabschiedung und ohne das Geldstück zu nehmen war sie so schnell zwischen den Büschen verschwunden, wie sie zuvor aufgetaucht war. Ich bedauerte, sie nicht nach ihrem Namen gefragt zu haben. Das Mädchen ging mir den ganzen Tag nicht mehr aus dem Sinn. Ich blickte in jedes Gesicht, das mir auf meinem Weg begegnete, sie fand ich nicht.

Wie glücklich und erstaunt war ich deswegen, als sie mir als Tochter meines Gastgebers vorgestellt wurde! Sie hatte die reine Unbefangenheit und Wildheit, die der Jugend vorbehalten ist und stammte aus einer verarmten, aber adeligen Familie. Um sie besser kennenzulernen, begleitete ich sie auf ihren täglichen Wegen. Sie schien ständig unterwegs zu sein, um jemanden einen Gefallen zu tun und zur Hilfe zu eilen. Sie fasste überall mit an und war sichtlich beliebt. Dass ich sie zunächst für eine Magd gehalten hatte, lag an ihrer einfachen Kleidung und der Art, wie sie ihr langes, schwarzes Haar trug. Alle weiblichen Attitüdenschienen ihr fremd zu sein. Darüber hinaus waren ihre herzlichen Natürlichkeit und Hilfsbereitschaft der Grund, warum sie mein Herz gewann. Ich hielt, so schnell, wie es noch schicklich war um ihre Hand an. Rosa willigte ein. Wir heirateten noch in Andorra.

Nach mehr als zwei Jahren Abwesenheit kehrte ich mit meiner jungen Frau nach Schottland zurück. Rosa eroberte das Herz meines Vaters im Sturm. Ich hatte nichts anderes erwartet und doch stimmte es mich froh. Die erste Zeit war eine schöne, verliebte Zeit. Dann kam der Winter und Rosa wurde unleidlich. Der Winter in den Highlands ist eine beschwerliche Zeit, aber ich hätte gedacht, dass er Rosa nichts ausmachen würde, da sie selber aus den Bergen stammte. Ich hatte mich getäuscht.

Immer öfters herrschte sie mich an. Sie warf mir vor, mich mit anderen Weibsbildern zu amüsieren. Dabei wäre dies wirklich das Letzte gewesen, wonach mein Sinn stand. Ich liebte sie und hatte nur Augen für sie. War es Heimweh, oder auch einfach die Langeweile und Dunkelheit, die die Wintermonate mit sich brachten? Was entlockten ihr diese Eifersuchtsanfälle? Ich beobachtete sie, versuchte ihr jeden Wunsch von den Augen abzulesen, doch sie blieb unausstehlich. Mein Vater nahm mich zur Seite.

«Ich weiß nicht was ihr des Nachts treibt, aber ich bin mir sicher, Rosa will ein Kind.»

«Das wird sie schon bekommen, an mir soll es nicht liegen. Ich streng mich an.» Mein Vater lachte und klopfte mir kameradschaftlich auf den Rücken. Für ihn war die Unterhaltung beendet. *Weiberkram* nannte er diese Art des Themas und es wunderte mich, dass er überhaupt darauf zu sprechen kam.

Aber ich gab ihm Recht. Rosa musste sich fremd fühlen. Ein Kind würde ihr den Halt geben, sich endgültig heimisch zu fühlen.

Der Frühling zog zu uns ins Tal und Mensch wie Tier atmete auf, endlich wieder hinaus zu können. Ich nahm meinem Vater häufiger Wege und Aufgaben ab, die einem Grundbesitzer zufallen. Rosa nahm ich mit mir, denn ich hoffte, ihre Eifersuchtsanfälle einzudämmen. An einem strahlenden Frühlingsmorgen ritten wir los. Mein Vater wünschte, dass ich nach einem Grenzsteine sah, den unser Nachbar häufig versetzte. Zudem waren wir zum Gehöft der Grorys gerufen worden, auf dem die Bäuerin krank geworden war. Rosa wollte sich um sie kümmern.

Ich liebte ihre zupackende Art noch immer. Sie gab den Menschen aus vollem Herzen und gewann auf diese Weise meines. Leider zeigte sie mir, auch auf diesem Ritt, nur ihre unangenehme Seite.

Als wir am Hof der Grorys ankamen, verwandelte sie sich wieder in das Mädchen, in das ich mich verliebt hatte: Sie krempelte die Ärmel auf und kochte Essen für die fünf kleinen Kinder, die sich sogleich um sie scharten.

Der alte Grorys stand bei mir und war sichtlich überfordert. Mir wäre es nicht anders ergangen. Rosa lachte und scherzte mit den Kindern und ich musste daran denken, was mir mein Vater gesagt hatte. Es war offensichtlich: Sie liebte Kinder. Warum es bei uns noch nicht soweit war, ich konnte es nicht sagen. Aber ich machte mir keine Gedanken. Wir waren beide jung und gesund und Gott hat seine eigenen Pläne.

Da der Gesundheitszustand der Bäuerin nicht einzuschätzen war und Rosa nicht sagen konnte, wie lange sie benötigt wurde, machte sie mir den Vorschlag, ich solle zu der Familie der Bäuerin reiten, um eine Verwandte zur Hilfe zu holen.

Ich willigte ein, da der Hof, der mir genannt wurde, auf dem Weg zum Grenzstein lag. So ritt ich alleine weiter. Nach einem kurzen Besuch am besagten Hof kam ich in die entlegenste Gegend unseres Landes.

Unwegsam und gebirgig lag der Weg, den man kaum noch als solchen bezeichnen konnte, vor mir. Es hätte wirklich keinen Grund gegeben ihn zu nehmen, wenn ich meinem Vater nicht versprochen hätte, nach diesem Stein zu sehen. Wozu, fragte ich mich auch dieses Mal, da kein Mensch in dieser Wildnis leben wollte und es vollkommen egal gewesen wäre, ob einem mehr oder weniger von den Felsen gehörte. Gerade hing ich diesem Gedanken nach, als ich eine neu errichtete Hütte sah.

Meine Verblüffung wechselte schnell zu Ärger. Der Bau war ohne unsere Wissen und Genehmigung errichtet. Ich ritt vorsichtig näher, da ich nicht erkennen konnte, mit wem ich es zu tun bekam. Die Bewohner konnten Räuber, Mörder oder Vogelfreie sein. Wer sonst würde sich freiwillig in einer solchen Ödnis niederlassen? Ich legte meine Hand auf den Dolch und traf auf einen alten Mann, der ob meines Anblicks genauso erstaunt schien wie ich. Er war gerade dabei Holz zu hacken - unser Holz - und hatte mein Näherkommen nicht bemerkt. Er erkannte an meiner Kleidung meinen höheren Stand und verbeugte sich.

Ich stellte mich vor und erklärte ihm, dass er unerlaubterweise mit unserm Holz auf unserem Land gebaut hatte. Der Alte sah reumütig zu Boden.

«Herr verzeiht. Darf ich Euch in meine bescheidene Hütte bitten. Ich weiß, ich kann mein Säumen mit dieser kleinen

Geste nicht wieder gut machen, doch Ihr würdet mir große Ehre erweisen, wenn ihr einen Schluck mit mir trinkt.»

Da kein Schotten ein angebotenes Getränk ausschlägt, willigte ich ein und stieg ab. Es war zwischenzeitlich merklich kühler geworden. Die schwache Frühlingssonne hatte sich hinter den Bergen versteckt und ein scharfer Wind kam von den noch schneebedeckten Gipfeln. Überdies, dachte ich mir, würde ich erfahren, was es mit dem Alten auf sich hatte.

«Tretet ein Herr, tretet ein.» Ich folgte dem Alten und sah mich um. Was außen wie eine einfache Holzhütte wirkte, war innen ausgestattet wie die eines reichen Bauern. Die Möbel waren von feiner Machart, ebenso der Becher und der Krug, den der Alte auf den Tisch stellte.

«Warum hast du dich nicht gleich beim Laird gemeldet?», fragte ich den Alten, der sich mir gegenüber gesetzt hatte. «Du hättest keine Schwierigkeiten bekommen. Hier oben will keiner siedeln. Hast du einen besonderen Grund, dass du so einsam wohnen möchtest?»

Der Alte stotterte etwas vom Winter abwarten und schwangerer Tochter, aber ich bekam nur die Hälfte mit. Ich genoss den heißen Met, der von überraschen guter Qualität war. Das Getränk zusammen mit der Wärme, die im Haus herrschte, machte mich müde und milde. Nur die Worte schwangere Tochter schnappte ich aus dem Gestotter auf und dachte mir meinen Teil. Wahrscheinlich war die Tochter ohne Gottes Segen schwanger und der Alte wollte das verheimlichen. So mutmaßte ich.

«Wo ist deine Tochter?», fragte ich ihn, obwohl es mich nicht wirklich interessierte. Es war mehr, um etwas zu sagen.

Ich hatte ihm mittlerweile das Versprechen abgenommen in den nächsten Tagen zu meinem Vater zu gehen, um das Recht wieder herzustellen. Damit war ich für meinen Teil fertig.

«Sie kommt später», beschied er mir und sah mich schräg von unten an. Seine Miene gefiel mir nicht, aber ich sah keinen Grund, misstrauisch zu werden. Es gab keinerlei Ursache an seiner Behauptung zu zweifeln. Ich sah keine Waffen, oder sonst irgendwas, dass mich darauf schließen ließ, dass noch andere Männer im Hause anwesend waren. Ich trank noch einen Becher, draußen wurde es endgültig dunkel und ich wurde müde. Ich war dem Alten dankbar, als er mir ein Bett anbot. Ich hatte des Öfteren draußen geschlafen, aber der Gedanke an eine Frühlingsnacht in den Highlands machte mich nicht froh. Umso mehr der Gedanke an ein warmes Bett. Der Alte versicherte mir, dass es das Mindeste sei, wenn ich so großzügig wäre über das versäumte Einholen einer Genehmigung hinwegzusehen.

So blieb ich beim Feuer sitzen, trank und wurde immer müder. Ich fuhr mit der Hand über die erstaunlich glatt geschliffene Tischplatte und wollte den Alten gerade fragen, woher diese Möbel stammten, als eine junge, schöne Rothaarige den Raum betrat. Völlig verblüfft fragte ich mich, wie der Alte an solch eine Tochter geraten war.

Wäre ich nicht glücklich verheiratet, hätte ich mich sofort verliebt. Ihre gewandte Bewegung und ihr liebreizendes Lächeln waren das einer Dame. Allerdings irritierte mich die Art und Weise in der sie zu mir sprach. Der herablassende Ton wäre eine Beleidigung gewesen, hätte der Satz nicht aus aneinandergereihten Höflichkeiten bestanden.

Noch zwei weitere Mädchen betraten den Raum, mit genauso roten Haaren, wie die Erste. Die Drei stellten sich als Isolde, Isadora und Iphigenie vor. Iphigenie war die jüngste von den Dreien und noch ein Kind. Sie war mindestens so hübsch wie ihre beiden Schwestern, nur auf andere, kindliche Art. Die Drei entschuldigten sich, sie wollten ihrem Gast etwas zubereiten.

Ich sah sie entschwinden und war wie vor den Kopf geschlagen: Da ritt ich in die Wildnis und traf auf drei entzückende Geschöpfe, um die man sich bei Hofe geschlagen hätte.

«Gefallen sie Euch?», fragte mich der Alte. Wie hätten sie mir nicht gefallen können? Ich brummelte irgendetwas Unverständliches und trank einen großen Schluck Met und träumte ein wenig vor mich hin. Ich denke, es wäre jedem Mann so ergangen. Ich wurde meiner metseeligen Gedanken enthoben, als die Drei Wild und Geflügel auftrugen. Alles war hübsch und sorgsam auf Platten angerichtet, doch ich konnte es nicht unterlassen, sie wegen der unerlaubten Jagd zu rügen. Ich erntete nur ein verächtliches Schnauben des Alten. Da ich keine Lust verspürte, mich mit ihm anzulegen, beließ ich es bei dieser Bemerkung und griff beherzt zu. Die Speisen waren köstlich.

Ich bemerkte, dass die Töchter zwar ständig anwesend und durchgehend bemüht waren alles aufzutragen und zu arrangieren, aber, dass sie selber nichts aßen.

«Warum setzt ihr euch nicht zu uns und esst auch?», fragte ich die Mädchen.

«Es steht ihnen nicht zu, mit Männern an einem Tisch zu sitzen», fuhr der Alte dazwischen. Durch das Verhalten meines Gastgebers war ich irritiert und schwieg. Was sollte ich gegen die Ansichten eines alten Mannes, der seine Töchter so erzog, wie er es für richtig hielt, ausrichten? Ich nahm mir vor, mit meinem Vater über diese merkwürdige Familie zu sprechen, und ließ es dabei bewenden.

Noch eines fiel mir auf, von dem ich meinem Vater berichten wollte: Von einer Schwangerschaft, so wie es der Alte behauptet hatte, konnte ich nichts sehen. Bei keiner von ihnen. Das war gelogen. Diese Vier hatten Irgendetwas zu verbergen. Ich würde wiederkommen, nahm ich mir vor, bevor ich mich für die Nacht verabschiedete.

Das Bett war weich und komfortabel, doch ich ließ mich davon nicht einlullen. Ich versperrte die Türe, die kein Schloss hatte, mit einem Stuhl und legte meinen Dolch unter das Kopfkissen. Wenn diese Frauen Männer hatten, die nur warteten, dass ich einschlief, dann konnten sie Etwas erleben. Ich wollte wach bleiben, doch dann tat der Met gepaart mit dem Essen und der vielen frischen Luft des Tages ihr Gütliches und ich nickte ein.

Einmal in der Nacht hatte ich das Gefühl, Jemand würde sich zu mir legen, doch am Morgen, als ich wach wurde, lachte ich über diesen Traum.

«Schöne Illusionen, nichts anderes», murmelte ich, als ich die Augen aufschlug. «Rosa ist tausendmal schöner.» Es war bereits helllichter Tag und ich sprang auf. Alles drehte sich um mich. Ich konnte mich kaum auf den Beinen halten. Ich schob meinen Zustand auf den ungewohnten Metgenuss und wankte zu meinem Pferd.

Ich war froh, dass mir niemandem begegnete. Die Schwestern, wie der Alte, waren nicht zu sehen. Ich ritt, obwohl es mir schwerfiel zuerst zum Grenzstein und hoffte so, meinen Kopf wieder frei zu bekommen. Ich freute mich auf Rosa. Wir waren selten eine Nacht getrennt und ich vermisste sie. Außerdem hatte ich ein schlechtes Gewissen, weil sie die Nacht an einem Krankenbett gewacht hatte, während ich es mir hatte gut gehen lassen. Der Gedanke an das Wildbret des gestrigen Abends verursachte mir Übelkeit, aber ich schob meinen empfindlichen Magen weiterhin auf den überzogenen Metgenuss.

Als der Hof der Grorys in Sicht kam, sah ich Rosa mir schon von Weitem entgegenlaufen. Sie hatte gute Nachrichten: Das Fieber der Bäuerin war gesunken und ihre Verwandte war eingetroffen. Rosa war übermüdet, aber sie strahlte eine Heiterkeit und Ruhe aus, um die ich sie beneidete. Ich fühlte das Gegenteil: Ich fühlte in meinem Inneren etwas Düsteres, etwas Fauliges, das mich unruhig machte.

Dieses Gefühl der Einsamkeit und des Sehnens verließ mich auch in den folgenden Tagen nicht. Ich konnte allerdings nicht sagen, nach was ich mich sehnte. Kein Rausch zuvor hatte mich in solch seltsame Stimmung versetzt. Zudem waren mir meine eigenen körperlichen Reaktionen fremd: Der Gedanke an Essen war abstoßend. Ich verspürte keinen Durst. Mein Gehör war geschärft, meine Augen tagsüber seltsam empfindlich und nachts äußerst scharfsichtig. Eine Düsterkeit hatte meinen Geist und Körper ergriffen, wie ich sie nicht kannte. Rosa behauptete, ich hätte mir auf dem Ritt in die Berge eine Erkältung zugezogen.

«Das kommt davon, weil du im Freien übernachtet hast. Es ist noch viel zu kalt dafür.»

Ich hatte ihr nichts von den Mädchen und ihrem Vater erzählt, bei denen ich übernachtet hatte. Ich machte mir vor, dass ich es vor ihr verheimlichte, weil sie ansonsten einen neuen Grund gefunden hätte, eifersüchtig zu sein. Dabei genoss ich ihre Fürsorge und die Liebenswürdigkeit, die sie mir angedeihen ließ, seit sie mich krank wähnte: Sie packte mir des Nachts Wärmesteine ins Bett und wärmte mich zusätzlich mit ihrem Körper.

«Es ist sicher nur eine Erkältung, morgen geht es dir besser», tröstete sie mich jeden Abend, bevor sie die Kerze ausblies und einschlief.

Ich hörte ihren gleichmäßigen Atem und starrte in unser Zimmer, das ich genauso klar sehen konnte, wie am Tag. Ich wusste, dass ich mir keine Erkältung zugezogen hatte, aber was ich mir eingefangen hatte, konnte ich auch nicht erklären.

Je fürsorglicher Rosa wurde, desto stärker wurde mein schlechtes Gewissen. Meinem Vater hatte ich ebenfalls nichts von der Existenz der Hütte und ihren Bewohnern erzählt. Ich log mir vor, dass es mir peinlich war, dass ich mich an diesem Abend nicht durchgesetzt hatte. Ich war schließlich der Sohn des Lairds. Diese fremden Menschen wohnten ohne Erlaubnis auf unserm Land und jagten ganz ungeniert. Im Nachhinein verstand ich die Milde, die ich hatte walten lassen, selber nicht.

Ein paar Tage später kam Rosa zu mir gelaufen, um mir die freudige Nachricht zu überbringen, dass ich Vater würde.

Ich wollte mich freuen, ich freute mich, aber der Gedanke, der sich ständig in meinem Hirn drehte, was mit mir geschehen war, ließ bei mir keine wirklich Freude aufkommen.

Die Tage zogen ins Land und Rosa, wie mein Hund wurden immer runder. Ich wurde immer unausstehlicher. An meinem Zustand hatte sich nichts verändert. Ich gab vor zu essen, damit keiner merkte, dass ich seit dem Ausflug in die Berge nichts mehr zu mir genommen hatte. Mein Hund fraß für mich und wich mir nicht von der Seite. Ich verstand nicht, warum ich nicht tot umfiel. Ich wusste nicht, womit ich diese Unruhe, die mich immer noch fest im Griff hatte, abstellen konnte.

Rosa behauptete, mein Benehmen wäre normal. Ich wäre ein Mann, der das erste Mal Vater würde und da wäre jeder Mann unruhig. Ich wusste, das war es nicht. Trotzdem machte sie sich Sorgen, weil ich so blass aussah und meine Erkältung nicht verschwand. Es war keine Erkältung, das wusste ich mittlerweile. Aber ich wusste eben nicht, was es war. Darum beschloss ich diese Familie abermals zu besuchen. Ich ging davon aus, dass man mich vergiftet hatte. Rosa war besorgt, weil es mir ihrer Meinung nach, nicht gut genug ging und wollte mich zurückhalten, aber mein Vater, der meinen Zustand als Nervosität abtat, gab mir einen freundschaftlichen Klaps und ließ mich ziehen. Er bat mich, auf dem Weg ein paar Erledigungen für ihn zu tätigen.

Ich ritt abermals zu den Grorys und kehrte bei ihnen ein. Ich hatte es nicht eilig. Meine Sorge, was ich bei den Vieren erfahren würde, hemmte mich. Ich trank mit dem alten Grory einen Gebrannten nach dem anderen, unterhielt mich mit ihm und ließ mich dazu überreden bei ihnen zu übernachten. Ich machte mich im Laufe des nächsten Tages auf, ich hatte es immer noch nicht allzu eilig. Ich versprach dem Alten auf dem Rückweg wieder bei ihm einzukehren.

Es war schon fast dunkel, als ich an der Hütte ankam. Alle Vier standen vor der Türe ihres Hauses und blickten in meine Richtung. Ohne, dass einer sprach, folgte ich ihnen ins Innere. Sie und kredenzten mir einen Becher und boten mir einen Platz an.

Ich war zu ihnen geritten, mit dem festen Vorhaben, ihnen vorzuwerfen, dass sie mich vergiftet hatten. Jetzt, da ich bei ihnen saß, war mir schlagartig bewusst, wie lächerlich diese Behauptung war. Die Vier hatten bisher noch kein Wort an mich gerichtet und doch hatte ich das Gefühl, als ob sie mir bereits etwas mitgeteilt hätten. In meinem Kopf war ein Raunen und Zischen, ich konnte es nicht verstehen, das einzige, was ich verstand, war das Wort: *Trink*.

Ich trank ohne Fragen und war entsetzt, als ich Blut schmeckte. Ich warf den Becher ins Feuer und sah abwechselnd in die vier Augenpaare, die mich still beobachteten. Ich wollte sie anschreien, ihnen Vorwürfe machen, blieb aber still. Alles wurde still. Mein Sehnen, meine Unruhe war in diesem Augenblick von mir abgefallen.

Isolde war die Erste, die zu mir sprach.

«Ich habe einen großen Fehler gemacht, Argyle, den ich zutiefst bedaure», begann sie mit ihrer Erklärung. Ihr Vater brummelte irgendetwas Unverständliches und verließ die Wohnstube.

«Wir haben Alle diesen Fehler gemacht», schaltete sich Isadora ein. «Wir haben uns um dich gestritten und dabei das Wichtigste übersehen.»

Ich verstand kein Wort.

«Du bist ein ehrenvoller, guter Mann gewesen, das haben wir vor lauter Streiterei übersehen», beendete Iphigenie den Satz.

«Ich bin ein Mann gewesen?» Ich sah von einer zur Anderen und versuchte in ihre Gesichter zu blicken, die sie aus Scham gesenkt hatten.

Isadora war die Erste, die ihr Antlitz wieder hob. «Ja, Argyle, du bist ein Mann gewesen, jetzt bist du ein Vampyr, ein Kind der Nacht. Ein Untoter. Du gehörst jetzt zu uns. Du musst dich von deinem weltlichen Leben verabschieden, du gehörst nicht mehr länger zu den Menschen.»

Ich verzog mein Gesicht zu einem Lachen, doch es blieb auf der Hälfte des Weges hängen. So unglaublich es klang, was mir Isadora gerade gesagt hatte, war ich mir im gleichen Augenblick bewusst, dass sie mich nicht angelogen hatte.

«Aber ich werde Vater. Ich bin glücklich verheiratet. Ich bin der zukünftige Laird. Ich kann mich nicht von Alldem verabschieden!» Ich war aufgesprungen und lief wie ein Verrückter auf und ab. Ich wollte die Worte, die Isadora so ruhig ausgesprochen hatte, nicht wahrhaben.

«Und doch ist es so», mischte sich Isolde ein. «Als ich dich infizierte, habe ich dich zu dem gemacht, was du jetzt bist. Du bist ein Bluttrinker geworden, genau wie wir.»

«Ein Bluttrinker?» Voller Abscheu sah ich in die Richtung der Feuerstelle, in die ich meinen Becher geworfen hatte. «Soll das heißen, ich muss jetzt immer Blut trinken?»

«Du hast Glück, wie wir, Argyle. Du wurdest nur infiziert. Das bedeutet, du musst nicht jede Nacht auf Jagd gehen. Einmal im Monat wird dir reichen.»

«Auf Jagd?»

«Du brauchst Blut, Argyle. Lebendiges Blut. Frisches Blut. Es wird dir nichts anderes übrig bleiben. Aber du kannst damit auch Gutes tun.»

«Ich soll jagen und Menschen töten, um selber zu überleben, und ihr wollt mir weismachen, dass ich damit Gutes tun kann?»

«Töte die Schlechten, so wie wir es tun.»

«Außer, wenn wir einen Fehler machen», flüsterte Iphigenie.

Ich stürmte noch in derselben Nacht aus dem Haus. Es wurde mir zuviel. Zu ungeheuerlich war, was ich von ihnen erfuhr. Hunderte Mal versicherten sie mir, wie leid es ihnen getan hätte, gerade mich zu infizieren, da ich dieses Schicksal nicht verdiente. Hundert Mal, die mir auch nichts nützten. Sie schworen mir ewige Treue und selbstlose Hilfe, wenn ich sie benötigte, und beschworen mich, bei ihnen zu bleiben, da ich keine Aussicht auf ein normales Leben unter Lebenden hätte. Ich hörte nicht auf sie. Ich versuchte noch in dieser Nacht, so viel Abstand zu den Dreien zu bekommen, wie möglich. Ich hielt sie für verrückt.

Als der Morgen kam, konnte ich das Sonnenlicht nicht ertragen. Mir schwindelte, mir wurde schlecht und die Sonne brannte auf meiner Haut, in meinen Augen. Ich suchte eine verlassene Klause auf, um mich in Sicherheit zu bringen. Sobald ich im kühlen Dunkel war, schlief ich ein.

Als ich in der nächsten Nacht erwachte, fing ich an zu überlegen. Alles, was die Drei behauptet hatten, traf ein. Wie sollte ich das Rosa beibringen? Meinem Vater? Ich musste es geheim halten! Ich durfte die Beiden mit diesen Neuigkeiten nicht belasten. Rosa würde bald unser Kind auf die Welt bringen und mein Vater war alt und es hätte seinen Tod bedeuten können, wenn er sich aufregte.

Und ich war mir sicher, dass er sich aufregen würde. Ich musste mir einen Plan zurechtlegen, wie ich es fertig bringen konnte, mich unter den Lebenden als Toter zu bewegen. Ich blieb drei Tage und Nächte in der Klause, um mir über meinen neuen Zustand klar zu werden.

In der Abenddämmerung des vierten Tages ritt ich los. Ich ritt grußlos an dem Bauernhof der Grorys vorbei, in dem der Branntwein vergeblich auf mich wartete. Ich würde nie wieder Branntwein trinken. Ich verbrachte einen weiteren Tag in einer Ruine. Ich hatte Angst heimzukehren.

Als ich nach über einer Woche heimkam, sahen mir Alle mit Sorge entgegen. Ich konnte meine Veränderung nicht anhand meines Spiegelbilds festmachen, da ich keines mehr hatte, aber ein Blick in Rosas Gesicht sagte mir Alles: Durch den einen Schluck Blut hatte ich mich endgültig zu dem verwandelt, was ich nun war. Ein lebendiger Toter. Mein Vater dem der Schrecken, den ich ihm allein durch meinen Anblick verursacht hatte, noch im Gesicht stand, versuchte die Situation mit Fragen über die Reise zu überspielen.

Ich fuhr ihn an, dass er selbst reiten solle, wenn er es wissen wolle. Ich hatte keine Antwort für ihn und würde nie wieder eine haben. Ich sah die Angst in seinen Augen und wand mich ab. Die Beiden verstanden mich nicht mehr. Aus dem guten Sohn und Ehemann war ein Scheusal geworden.

Ich ließ mir ein Zimmer im Keller einrichten und teilte nicht länger mein Bett mit Rosa. Als sie mich liebevoll zur Rede stellte, fauchte ich sie an, dass mich ihre

Schwangerschaft abstoße, dass ich sie nicht ertragen könne. Ich verkroch mich im Keller und wurde schwermütig.

Dabei war es nur die Angst, dass ich sie verletzen würde. Dass ich wie eine Bestie über sie herfallen würde. Zu dieser Sorge bestand allerdings kein Anlass. Ich brauchte wirklich wenig Blut. Die drei Mädchen hatten nicht gelogen. Wie sie mir erklärt hatten, tötete ich nur die, die es verdienten: Mörder, Betrüger und Räuber. Die guten Menschen verschonte ich.

Bald wurde sich erzählt, dass unser Land zu den sichersten zählte.

Der Tag von Rosas Niederkunft rückte immer näher. Ich konnte es an den Vorbereitungen erkennen, die Rosa getroffen hatte. Sie selber sah ich kaum noch. Manchmal erblickte ich sie kurz, wenn ich ein Zimmer betrat, doch meistens lief sie weinend hinaus, wenn sie meiner ansichtig wurde.

Ich litt wie ein Hund. Dazu hatte ich Angst, dass ich die Geburt nicht miterleben würde. Ich wollte meiner Frau zur Seite stehen, ich wollte ihre Hand halten. Ich suchte ihre Nähe und stand oft nachts an ihrem Bett, wenn sie schlief. Seit ich von meiner Wandlung erfahren hatte, liebte ich sie umso verzweifelter. Ich konnte mich ihr nicht mitteilen, ich hatte Angst, dass sie mein Gefallen, das ich den drei Mädchen entgegengebracht hatte, missverstehen würde. Dass sie annehmen würde, ich hätte die Älteste in mein Bett gezogen. Ich hatte nicht vergessen, wie eifersüchtig sie war, bevor sie schwanger wurde.

Ich betete, dass die Geburt nachts war. Ich betete eigentlich immer.

Die Geburt begann, so wie ich gehofft hatte, nachts. Ich lief, wie tausend andere werdende Väter unruhig vor ihrem Zimmer auf und ab. Ich hörte ihr Stöhnen, ihre Schreie. Ich hielt mir die Ohren zu. Ich konnte es kaum ertragen, sie leiden zu hören. Die Frauen, die zur Hilfe gekommen waren und hin und wieder an mir vorbeieilten, um frisches, heißes Wasser, oder wer weiß was zu holen, schüttelten nur bedauernd den Kopf, wenn ich sie fragte, ob es schon überstanden sei.

Mein Vater kam und leistete mir Gesellschaft. Er hatte einen Krug Wein mitgebracht, den ich ihm zu trinken ausschlug. Traurig trank er ihn alleine. Er hatte sich die letzten Monate auf Grund meines veränderten Wesens zurückgezogen. Ich, der ihm immer ein guter, zuverlässiger Sohn gewesen war, wies in wieder und wieder zurück. Auch in dieser Nacht, als er eine Annäherung versuchte. Es brach mir fast das Herz. Aber ich konnte ihm nicht erklären, was mit mir geschehen war.

Ich sah das hilflose Gesicht meines Vaters und konnte und durfte ihm nicht erzählen, was meine Wesensänderung ausgelöst hatte. Er hätte es nicht verstanden. Er wäre voller Gram gestorben, wenn er erfahren hätte, dass sein Erbe, sein einziger Sohn ein wandelnder Leichnam war. Ich hoffte, dass Rosa einen Sohn und Erben gebar.

Der Morgen kam, das Kind war noch immer nicht da und ich musste gehen. Ich musste Rosa im Stich lassen. Die Natur ließ mir keine andere Wahl, dabei wollte ich wenigstens in ihrer Nähe sein, wenn sie um unser Kind kämpfte.

Ich sah den Blick meines Vaters, als er mir fassungslos hinterher sah, als ich ihn in der Dämmerung stehen ließ. Er konnte es nicht verstehen.

Als ich in der nächsten Nacht gerannt kam, schlug mir eisiges Schweigen entgegen. Ich schrie, ich tobte bis sich mein Vater schließlich herabließ, mir zu antworten. Ja, ich hätte eine Tochter bekommen. Nein, Rosa ginge es nicht gut. Man wüsste nicht, ob sie überleben würde.

Mit solch einer Nachricht hatte ich nicht gerechnet. Ich war wie von Sinnen, als ich in den Raum trat, in dem sie lag. Ein starker Blutgeruch lag über Allem und ließ mich taumeln. Ich tastete mich an das Bett meiner Frau, die so bleich, wie ich sie noch nie gesehen hatte, in ihrem Kissen lag. Sie musste viel Blut verloren haben. Und verlor es noch immer. Der Geruch machte mich fast wahnsinnig. Rosa öffnete ihre Augen, als sie meine Hand spürte und lächelte mich an. In ihrem Arm lag unsere Tochter. Die Verzweiflung in der ich mich befand, war grenzenlos.

Sollte ich die Frau, die ich über alles liebte, aufgrund dieses kleinen Wesens verlieren? Einen Augenblick lang hasste ich dieses Kind, doch dann betrachtete ich sie und war hingerissen. Sie hatte die vollen, dunklen Haare ihrer Mutter und blickte mich an. Sie hatte meine blauen Augen.

«Ist sie nicht wunderschön?» Rosa schloss die Augen und seufzte. Sie war sehr schwach. Ich hörte kaum noch ihren Herzschlag.

«Alles wird gut», flüsterte ich und glaubte meinen eigenen Worten nicht. Rosa öffnete einen Moment ihre Augen und nickte. Sie hatte nie aufgehört, das zu glauben.

Ich saß alleine bei ihr und in meinem Kopf drehten sich die Gedanken. Ich wollte nicht, dass meine Familie aufhörte zu existieren, bevor sie überhaupt damit angefangen hatte. Ich wollte Rosa nicht verlieren. Sie durfte nicht sterben. Ich konnte mir ein Leben, auch wenn es als solches kaum zu bezeichnen war, nicht ohne Rosa vorstellen. Mir die Einsamkeit, die mir jede Nacht entgegenschlug, nicht ohne sie vorstellen.

Ich fasste einen Entschluss: Ich infizierte Rosa. Ich beugte mich über sie und küsste ihren Hals. Der eisige Kuss eines Vampyrs. Damit rettete ich ihr das Leben. Und meine Liebe.

Doch Rosa wurde ein Teufel. Als sie zu ihrem und zum Erstaunen des gesamten Haushaltes aufstand, war ich ihr eine Erklärung schuldig. Ich erklärte ihr, was mir widerfahren war. Ich ließ bei meiner Erzählung die Schönheit und Anmut der Drei aus, so weit mir das als Mann möglich war und doch glaube ich, hat sie Etwas gemerkt.

Rosas Bluthunger war anders als meiner: Isabella hatte mich nur infiziert, ich brauchte nicht jede Nacht auf Jagd gehen, um den Blutverlust aufzufüllen. Doch Rosa hatte vor ihre Infektion viel Blut verloren und brauchte als Vampyr viel Blut, um ihren Hunger zu stillen.

Ich versuchte sie davon zu überzeugen, dass Tierblut genauso dienlich wäre, doch meine Reden stießen auf taube Ohren.

Bemühte ich mich meine wahre Natur zu verbergen, so gab sich Rosa keinerlei Mühe. Sie tötete mit der Lust eines Jägers, sie amüsierte sich über die kläglichen Versuche ihrer Opfer, zu entkommen. Sie äffte ihr Gewinsel nach.

31

Ich war schockiert. Sie war zu mir in den Keller gezogen, ich sah sie kaum noch. Sie war jede Nacht unterwegs. Das Gesinde tuschelte über uns und selbst mein Vater hatte unser seltsames Gebaren satt.

Eines Nachts stellte er mich zur Rede. Ich spielte gerade mit meiner kleinen Tochter vor dem Kamin, als er hereinkam.

Zwei Jahre waren auf diese Art vergangen und die Kleine lief auf ihren Großvater zu und breitete ihre Ärmchen aus. Als ich sah, wie sehr sich die Beiden liebten, überlegte ich wieder einmal, ob es nicht besser gewesen wäre, Rosa sterben zu lassen und selbst den Freitod in der Sonne zu suchen.

Ich sah die Liebe, die mein Vater dem Kind angedeihen ließ und war mir sicher, dass er ein besserer Vater gewesen wäre, als ich einer war.

Was für ein Vater war ich, den sie nur nachts sah? Sollte sie in Dunkelheit aufwachsen? Mit Eltern, die auf die Jagd nach Blut gingen?

Eltern hatte meine Tochter sowieso nicht. Rosa hatte sich seit der Geburt nicht um sie gekümmert. Sie jagte, schlief und überschüttete mich mit Spott, wenn ich ihr deswegen Vorwürfe machte. Ich hätte sie zu dem gemacht, was sie jetzt wäre, pflegte sie mir zu sagen. Ich alleine sei Schuld. Wie sehr schuld, könne nur ich beurteilen. Und dann blickte sie mich an, wie es nur Frauen können, die einen Verdacht hegen, aber keine Beweise haben.

Das Einzige, was mich freute, war meine Tochter. Ihr gab ich alle Liebe, die ich für Rosa nicht mehr aufbringen konnte.

Aus diesen düsteren Gedanken schreckte mich mein Vater hoch, als er mich zur Rede stellte.

Die Bevölkerung war nach einer erneuten Welle der Gewalt und des Unheils aufgebracht und hatte sich an meinen Vater gewandt. Da das Gerücht im Umlauf war, dass das Unheil aus unserer Burg käme, musste mein Vater mit mir reden.

Wir schickten das Kind zu seiner Amme und ich erzählte meinem Vater Alles. Nach all den Jahren des Schweigens redete ich mir eine Last von der Seele, die ihn umso mehr belastete. Aber er wäre nicht mein Vater gewesen, wenn ich nicht reagiert hätte, wie er es tat. Er war, wie man sich vorstellen konnte, geschockt. Er sah mich lange still an, dann nahm er mich in die Arme.

«Warum bist du nicht früher damit zu mir gekommen? Du konntest mir immer Alles erzählen. Warum nicht diesmal?»

Ich schüttelte den Kopf. Ich hatte keine Antwort. Jetzt, wo ich sah, wie gefasst er es aufnahm, wie seltsam ruhig, verstand ich mein Schweigen selbst nicht.

Er setzte sich nachdenklich an den Kamin. Erst als das Feuer schon fast heruntergebrannt war, hob er den Kopf. «Wenigstens kann ich nun sterben und verstehe, was es mit deinem merkwürdigen Verhalten auf sich hat.»

«Vater!»

Er machte mir ein Zeichen zu schweigen. «Ich dachte an einen Bruch zwischen uns Beiden und war mir keiner Schuld bewusst. Ich habe mir den Kopf zerbrochen, was ich gemacht habe, dass du mich so behandelst.» Seine Stimme brach. Er räusperte sich vernehmlich und straffte die Schultern. «Jetzt, da ich weiß, dass dem nicht so ist, kann ich beruhigt sterben. Wenn ich deiner Geschichte Glauben schenken soll, werden die Mc Quiets ewig über dieses Land regieren. Nicht wahr?»

Jetzt verstand ich erst, warum er so gelassen geblieben war, als ich ihm das gesamte Drama erzählte. Der alte Schotte in ihm war erwacht.

«Allerdings geht das mit Rosa so nicht weiter. Ich kann die Bevölkerung nicht hinhalten. Ihre, sagen wir, Eskapaden, ziehen große Kreise. Und Alles deutet darauf hin, dass das Übel hier von der Burg kommt. Ich konnte bisher die Gemüter beruhigen, aber jetzt musst du handeln.»

Ich hob die Hände. «Ich habe Alles versucht. Sie hört nicht auf mich.»

«Eine Frau, die nicht hört, muss weg. Wir Mc Quiets lassen uns nicht auf der Nase herumtanzen, vor allem nicht durch eine Frau. Du willst doch nicht, dass dein Erbe in Gefahr kommt? Tu etwas. Sperr sie ein, oder töte sie. Du musst handeln», wiederholte er.

Ich nickte. Er hatte Recht. Ich konnte Rosa nicht weiter wüten lassen. Mein Gewissen und mein Familiensinn ließen das nicht zu.

Es war zu spät.

Die Bevölkerung war bereits im Aufstand. In der nächsten Nacht stürmte eine Gruppe von über hundert bewaffneten Männern mit Äxten und Fackeln die Burg. Ich konnte sie verstehen. Rosa hatte wieder zugeschlagen. Nicht aus Hunger, sondern aus reiner Mordgier. Sie hatte drei Kinder und zwei Säuglinge getötet. Wie sie mir genüsslich erzählte, schmeckte das Blut von Kindern viel süßer. Was für eine schreckliche Kreatur hatte ich erschaffen!

Mein Vater schickte mich weg. Ich floh ins Gebirge, zu den drei Schwestern. Wir umarmten uns ein letztes Mal. Er hielt meine Tochter auf dem Arm. Mir brannten die Augen, ich wollte nicht gehen. «Verschwinde, rette dich! Mir und dem Kind werden sie nichts tun.» Das waren seine Worte. Er hatte sich geirrt.

Als ich mich nach vier Nächten wieder heim wagte, war alles zerstört. Die gesamte Burg war niedergebrannt worden. Ich suchte nach Rosa, aber ich konnte kein Zeichen von ihr entdecken.

Ich suchte nach meiner Tochter, aber sie war ebenso verschwunden. Meinen Vater fand ich zuletzt. Man hatte ihn aufgehängt. An dem Baum, an dem ich als Knabe schaukelte. Ich begrub ihn und hätte mich am liebsten daneben gelegt. Gerade hatte ich mich mit ihm versöhnt und jetzt war er tot.

Rosa war mir egal, wie ich feststellte. Sie war in der Nacht, als ich sie zum Vampyr machte, für mich gestorben. Ich fühlte nichts mehr für sie.

Vorsichtig zog ich Erkundigungen ein. Ich wollte wissen, was mit meiner Tochter geschehen war. Ich betete, man hätte sie am Leben gelassen. Sie war erst zwei Jahre alt. Nur ein Kind. Ich betete, jemand hätte sich ihrer angenommen, jemand der verstand, dass sie nichts für das Unheil konnte, das aus dieser Burg kam. Als ich erfuhr, dass ihre Amme sie in dieser Nacht gerettet hatte, war jede Spur kalt.

Es hieß, man hätte sie ans Festland gebracht.

Ich hatte in Schottland nichts mehr, was mich gehalten hätte. Ich hatte nur noch einen Wunsch: Ich wollte meine Tochter wiederfinden.

Vorgeschichte zum Buch *«Die Hüter der Reliquie»* erschienen im bookshouse-Verlag 2014.

Spring!

Was ihm als Erstes an ihr auffiel, waren ihre Augen. Dunkle, in die Ferne blickende, große Augen.

Sie hatte geweint, oder weinte sie noch? Die junge Frau beugte sich über das Geländer der Rheinbrücke.

Die fransig geschnittenen, dunklen Haare verbargen nun ihr Gesicht, das ihm sehr blass erschien. Oder lag es nur an der Beleuchtung der Straßenlaternen?

Sie stieg mit beiden Füßen auf den hohen Rand des Geländers und sah hinunter.

Stefan sah sich nach beiden Seiten um. Kein weiterer Passant auf der Brücke.

Verdammt, die will sich doch nichts antun? Er sog scharf den Atem ein. *Bloß nicht!* Er überlegte zwei Sekunden, ob er nicht kehrtmachen sollte. Die Frau vergessen. Aber er würde sie nicht vergessen. Er würde sich fragen, ob sie gesprungen war. Würde Zeitungen nach Meldungen über weibliche Leichen absuchen.

«Haben Sie Feuer für mich?» Stefan fand seine Stimme merkwürdig hoch.

Sie wendete ihm das Gesicht zu.

So jung doch nicht, ging es ihm durch den Sinn. Der Eindruck lag wohl eher an den Cowboystiefeln und der engen Jeans.

«Ja, Moment.» Sie kramte in ihrer Lederjacke. «Darf ich im Gegenzug um eine Zigarette bitten?» Ihre Stimme klang rau, sie lächelte gequält.

Flucht nach vorn, dachte Stefan. «Die letzte Zigarette für den Verurteilten?» Es sollte lustig klingen, es klang hohl.

«So ungefähr.» Sie lächelte. Auch hohl, aber sympathisch.

Beide standen über das Brückengeländer gebeugt und rauchten. Unter ihnen lagen Hausboote vertäut. Eine kleine Stadt auf dem Wasser.

«Ganz schön weit.» Stefan machte eine Bewegung Richtung Fluss.

Gedanklich kam sie von noch viel weiter her, so machte es den Anschein, denn sie antwortete erst nach einer Weile. «Ja, und vielleicht noch weiter, das kann ich noch nicht sagen.»

«Wer kann das schon?» Leere Phrase, schimpfte Stefan sich.

Sie sah ihn mit einem rätselhaften Blick an. Sah sie ihn jetzt erst? Ihre dichten Wimpern beschatteten ihre Augen, als sie auf ihre Zigarette blickte und sie zwischen den Fingern drehte. «Eben!» Zornig stieß sie das Wort aus und schmiss ihre Kippe in den Rhein. Sie atmete tief aus.

«Familie!»

Endlich! Fast begierig schnappte er das Wort auf. Endlich ein Ansatzpunkt. Er hörte sich selbst zu, wie er viel zu schnell plappernd antwortete. «Das kenne ich. Ja, Familie kann einen wahnsinnig machen, immer mischen sie sich ein, wissen alles besser und meinen es angeblich nur gut mit einem.» Er sah sie von der Seite an. «Aber das ist doch kein Grund …»

Vorsicht, rief ihm seine innere Stimme zu. *Vorsicht!* «Aber es gibt doch bestimmt Wege …» *Vorsicht!*

«Ich habe den gewählt. Mit dem Auto, das war mir zu langweilig. Ich hoffe, so habe ich mehr Ruhe und Zeit.» Sie lächelte wieder, verträumt diesmal. Ein bezauberndes Lächeln.

«Wollen wir was trinken gehen?» Stefan presste die Wörter direkt aus seinem Zwerchfell.

Zeit gewinnen, dachte er, *das ist die Lösung.*

«Gern, es wird etwas kühl.»

Sie drehte links ab und ging wie selbstverständlich Richtung Hafen. *Zur Kajüte* hatte immer geöffnet.

Im Lokal wurde sie von vielen gegrüßt. Stefan sah Achtung in den Blicken der Männer. Raue Gesellen. Schiffer.

«Hallo Jolanda, na, alles geregelt?» Die ältere Frau hinter dem Tresen bedachte sie mit einem mütterlichen Blick.

Jolanda nickte und sah einen Moment so aus, als ob ihr mulmig wäre. «Einen Kaffee, Mellie.»

«Mit Schuss?»

«Danke, nein. Ich brauche einen klaren Kopf.»

«Also, Jolanda heißt du.» Stefan stellte sich neben sie an die Bar. «Für mich bitte ein Bier.» Nachdem er den ersten Schluck getrunken hatte, betrachtete er sie eingehender im Lampenlicht. Gar nicht übel. Ein Stück kleiner, athletisch. Da er sie nun unter den anderen Menschen in Sicherheit wähnte, wagte er einen Vorstoß. «Sag mal, vorhin auf der Brücke, was hast du da gedacht?»

«Bevor du mich angesprochen hast, oder danach?» Ein spöttisches Blitzen in ihren Augen.

Er hätte fast meinen können, sie flirtete mit ihm. Undenkbar in dieser Situation. «Davor.» Ihr Grinsen wurde breiter.

«Also, ich meine beides.» Er stotterte fast, so sehr irritierte ihn das Lächeln. Der Blick.

«Über den Weg, meinen Weg, die Stationen.

Menschen, die man noch nicht kennt.» Sie nickte fragend in Richtung seiner Zigaretten, nahm sich eine heraus, ließ sich von ihm Feuer geben. Ihre Hände berührten sich, sie lächelte.

«Vergangenheit, Zukunft. So ein Zeug halt.»

«Und nachdem ich dich angesprochen habe?»

«Vergangenheit, Zukunft.» Sie lächelte traurig. «Und dass ich mich entschieden habe.» Ein Zug an der Zigarette. «Hat eh schon lange genug gedauert. Manchmal ist man so ein Idiot, trödelt herum, lässt sich von Gedanken abbringen, lebt so vor sich hin. Eines Morgens wirst du wach und stellst fest, es ist zu spät.» Die Hälfte ihres Kaffees war mittlerweile auf der Untertasse, so wild hatte sie gerührt. Jetzt trank sie den Rest in einem Zug und verzog das Gesicht. «Zahlen, Mellie! Es ist spät, ich muss los. Sonst ist zu viel los.» «Musst du über die Brücke?» Sie nickte.

«Ich komme mit.»

Als sie auf der Brücke standen, wurde es im Osten schon hell. Sie stellte sich auf die Mauer, wie schon zuvor, blickte in den Fluss hinunter.

«Schade», seufzte sie, drehte sich zu ihm um und küsste ihn auf den Mund. «Schade, aber vielleicht sehen wir uns im nächsten Leben.»

Damit ließ sie ihn stehen und ging zurück,

Richtung Hafen. Er blickte ihr nach, bis sie zwischen Werften verschwunden war. Verschwunden, wie seine Todessehnsucht, stellte er verwundert fest.

Gedankenspiel zu «*Die Lüge von Amergin Manor*» erschienen 2017.

Küss sie!

Ein Dichter der barocken Zunft, ein Worteweber, ein Satzauftürmer, ein Silbenweber… Das wollte ich sein.

Ein rasender Traum zwischen Wachen und Sehnen, zwischen Können und Versagen. Doch eine Wand tat sich vor mir auf, eine Mauer des Schweigens, der Verzweiflung.

Heute, da ich still Stein für Stein aufrichte und mich nicht mehr mit den Buchstabenwänden umgebe, erkenne ich erst, wie wohltuend eine Wand sein kann, eine Mauer, ein Gebäude.

Schützend legt sie sich um die Bewohner. Blickdicht umgibt sie die schüchterne Seele, die sich unwohl fühlt in der Welt der derben Worte. In dem Kosmos des Wortgebildes.

Ein Maurer bin ich, ein Steinschlepper, ein Mörtelklatscher, ein Kellenschwinger.

Dass ich diesen Beruf nicht immer ausgeübte, der Leser wird es sich bereits denken. Doch wie nun, wie kam es, dass ich vom Satzbildenden, vom Wortungetüm aufstapelnden Romancier zum Maurer wurde?

Nun, mag ich euch die Gegenfrage stellen – ist denn ein Romancier so anders in seiner Tätigkeit, als ein Maurer, der statt Wort für Wort ein Ungetüm an Sätzen bildet, dass sich zugleich in den Köpfen manifestieren mag, um dort zu wärmen, zu schützen?

Oh ja, werdet ihr mir entgegenschleudern. Gar sicher ist es etwas anders.

Ich halte dagegen. Worin unterscheidet sich das Kellenschwingen, das Dirigieren des Mörtels mit dem Verbinden von Satzteilen? Wo fängt die bildende Kunst an, wo hat sie ein Ende? Was bleibt, ist immer der erste Stein, ob ein Haus errichtet wird, oder ein Roman entstehen soll. Bei einem so gewaltigen Prozess, wie es das erste Wort eines Satzes in einem Roman in Gang setzt, so ist es auch mit dem Grundstein eines Bauwerkes.

Meine Werke stehen auf gleicher Höhe wie Eichendorff, Goethe und Hoffmann. Auch ein paar nicht unbedeutende Werke von Poe stehen in meiner Nähe, allerdings weiter unten angesiedelt. Heute ist mir die Höhe des Ruhms nicht mehr wichtig. Ich kümmere mich allein um die Wände, die ich schaffe und um die Fragenden, die mich tagtäglich aufsuchen. Ist das der Erfolg, der einem bleibt?

Junge Menschen, die sich um einen scharen, um das Wissen, das man angesammelt hat, weiterzugeben?

Nun, ich möchte es nicht verneinen, auch wenn sie mir beizeiten lästigfallen. Allein die Höflichkeit, die Rechtschaffenheit in ihren Blicken lässt mich in meinem Tun innehalten und ein paar aufmunternde Ratschläge geben.

Erst eben trat ein Suchender an mich heran, wie immer strahlend weiß in der Kleidung, düster in der Seele. Ich habe es an seinem Blick erkannt und wundere mich nicht mehr über diese Diskrepanz zwischen jungfräulichem Weiß und Düsterem - sollte ich besser sagen, dürstendem Blick?

Mir ging es nicht anders damals, als ich noch auf der Suche war.

Ich habe dem Jüngling, wie ich hoffe, geholfen.

Begierig hat er etwas auf seinen Block gekritzelt. Ein paar Worte waren es nur, doch ich will ihm wünschen, dass es seine Angst nimmt. Die Angst vor der ersten Seite. Vor den ersten Worten, mit denen man den Zauber des Anfangs einfangen, oder auch für immer in den Abgrund schicken kann.

Mir erging es nicht anders, auch wenn es nur einmal so war und ich seitdem lieber die Kelle zur Hand nehme, als eine Feder.

Mein Junge, sagte ich, du musst die Muse küssen.

Nicht sie dich - du sie. Ich sah an seinem verwirrten Ausdruck, dass er mich nicht verstand. Wie sollte er auch? Tagtäglich erwarten hunderte, was sage ich, tausende Künstler, dass die Muse sie küsst. Natürlich, es ist zu einem geflügelten Wort geworden. Trotzdem, es ist falsch.

Als ich meine Muse traf, ich war ein junger Mann von noch nicht einmal zwanzig Lenzen, machte ich denselben Fehler.

Mein Professor der Literatur hatte demjenigen einen Preis ausgelobt, der ihm den schönsten Text über die Liebe schrieb. Nun, ich hatte der Liebe noch nicht gekostet, war auf die Erfahrungen meiner schreibenden Kollegen angewiesen. Frönte dem Gretchen, liebte Ana Karenina und manchen wohlgestalteten Frauencharakteren mehr.

Doch ich selbst war noch ein Tor in diesen Dingen und so wollte mir meine Ode an die Lieben nicht gelingen.

Man verzeihe mir den Ausflug in die Verse, an denen ich mich zu dieser Zeit ebenfalls versuchte.

Nun, die Blätter blieben leer, mein Herz ebenfalls. Je mehr ich mich unter die Menschen mischte, um wenigstens einen Abglanz dessen zu erhaschen, von dem ich schreiben sollte, desto verwirrter wurde ich. Meine Kommilitonen füllten ganze Seiten, wie sie mir im Vertrauen berichteten. Nur ich, so erschien es mir, blieb zurück mit meinem ersten blanken

Blatt Papier, das mir jeden Morgen, wenn ich mit vernebelten Sinnen erwachte, höhnisch entgegenleuchtete. Des Nachts, wenn mich sein matter Glanz zum Schreibtisch lockte, ließ mich sein Anblick die Augen schließen. Meine Fingerkuppen entdeckten kleine hölzerne Einschlüsse, einen Knick, von dem ich nicht wusste, wodurch das jungfräuliche Papier so entweiht wurde. Wenn mich der Schlaf zu überkommen drohte, fixierte ich die ebene weiße Fläche, wie es wohl ein Jäger tut, der in eine Winterlandschaft starrt, um das Überleben seiner Sippe zu sichern.

Die Schneeblindheit, die ich mir dabei zuzog, konnte sich mein Hausarzt nicht erklären, da wir August schrieben und ich nicht im Hochgebirge zu klettern pflegte.

Den Abgabetermin, den ich drei Monate zuvor mit Enthusiasmus über meinem Tisch befestigt hatte, riss ich ab und warf ihn zu denen in Verzweiflung verworfenen Notizen. Ich musste mit meinen schneeblinden Augen der Wahrheit ins Gesicht sehen. Ich würde die Ausschreibung nicht gewinnen.

Nicht, weil die Qualität meiner Worte nicht genügte, sondern weil ich keine abzuliefern in der Lage war.

Zur Beruhigung für alle sensiblen Schreiber, die diese Zeilen lesen. Es war das einzige Mal in meiner Karriere, dass ich diese Gefühle hegte. Nicht noch einmal hat sich mir der Abgrund in dieser Güte vor mir geöffnet. Abgrund mag ein Wort mit Pathos sein und ich könnte mir denken, dass in der heutigen herzlosen Zeit so manch´ Leser mit den Augen rollt, weil er meint, ich übertriebe es. Doch nein. Es sollte so kommen.

Ich begab mich nun wirklich ins Hochgebirge, um meinem Leben ein Ende zu setzen. Das weiße Blatt Papier nahm ich mit, trug es in meiner Brusttasche über meinem Herzen, bevor ich es unter einen Stein, nahe eines Abgrundes klemmte. Ich betrachtete es noch einen Moment, wie es sich im aufziehenden Abendrot leicht im Aufwind bewegte, bevor ich an den Saum der Kluft trat, um mich dem Schicksal zu überlassen.

Meine Zehenspitzen standen schon über der Felskante hervor, als ein leiser Ruf an mein Ohr drang.

Hätte ich nicht von den Liebreizen gelesen, so wie Schiller und Goethe sie beschrieben, ich hätte nicht geglaubt, dass es solch feenhafte Wesen gibt. Das Mädchen, oder soll ich lieber schreiben, Märchenwesen winkte mir und ich, froh abgelenkt vom letzten Schritt, den ein Mann tun kann, folgte ihrem Lockruf nur zu bereitwillig.

Ein weißes Kleid umspielte ihre zierliche Figur, ein Lächeln wie das Strahlen der Sterne lud mich ein, in ihre Nähe zu treten. Sie glitt zu Boden und zog mich zugleich zu sich. Meine Überraschung hielt nicht lange an, da sie mich sogleich in die süßeste Umarmung lockte.

Kein Schreiber kann es je beschreiben, kein Sänger es besingen. Taumelte ich, war ich mir spätestens bei ihrem Kuss bewusst, was Liebe bedeutet. Schon wollte ich sie mit Fragen bestürmen, doch sie wies mich Schweigen, entledigte sich ihres Kleides und genoss, wie ich mir einbildete, meinen jugendlichen Drang.

Den ermatteten Körper mit jeder Faser bewusst im Moos wahrnehmend, wirbelten meine Gedanken, die ich stets auszusprechen suchte, doch immer wieder von ihr durch Küsse daran gehindert wurde. Sie signalisierte mir, wie ich meinte, dass sie mich nicht verstünde, dass ich es ihr aufschreiben solle. Ein Schreibgerät neben ihrem weißen Gewand, ein Nicken von ihr und ich schrieb, derweil sie nackt neben mir im Moose lag und an meinen Haaren spielte. Wenn der Stift über dem Kleid verharrte, zupfte sie an meinen Locken, auf das ich aufsah, in ihre Augen blickte, ihren lächelnden Mund wahrnahm und weiterschrieb.

Bald war das Kleid von oben bis unten ausgefüllt und ich sah mich verzweifelt nach etwas um, auf dem ich mit meiner Ode an die Liebe fortfahren konnte. Die Sonne war schon fast verschwunden, doch im Abglanz des letzten Lichtes sprangen mir die leeren Seiten, die ich als Nachruf an die Welt unter den Stein geklemmt hatte, ins Auge.

Der Griff ihrer bleichen Hand war überraschend fest, als sie mich davon abhalten wollte, mir mein Eigentum zurückzuholen. Sie bedeutete mir, dass ich sie küssen sollte, doch ich entriss ihr meine Hand. Der Anfang der Ode stand auf ihrem Gewand geschrieben. Ich würde ihr ein Neues kaufen, ihr ein Neues weben, wenn es sein müsste, doch jetzt wollte ich diese Worte und derer mehr.

«Küss mich.» Eine Forderung, die ich nicht befolgte.

Als ich mit meinen leeren Seiten zurück zu ihr ins Waldesgrün trat, war sie verschwunden. Samt ihrem Kleid und meiner Worte.

Ich stand genauso da, wie zuvor. Mit leeren Händen, leerem Kopf und leeren Seiten.

So fand man mich, bevor ich Maurer wurde und nun Steine, statt Wörter und Kapitel zusammensetze.

Aus Respekt vor meiner Begegnung mit der Muse tragen alle um mich herum die Farbe Weiß, auch wenn ich sie nicht besonders schätze. Ihren Fragen und neugierigen Blicken begegne ich mit der Nachsicht, die sie verdienen.

«Küss sie.» So lautet meine Antwort. Mit Wohlwollen beobachte ich, wenn sie es notieren. Ich werde nichts mehr notieren, oder mich auch nur daran versuchen. Ein Maurer will ich sein. Stein, Kelle Mörtel, Stein. Auch die Kathedrale, die bis in den Himmel reicht, hat so begonnen.

Buchstabe, Wort, Buchstabe, Satz. Absatz, Kapitel. Auch der Roman hat mit einem Buchstaben angefangen.

Ich halte gerade den Buchstaben «E» in meiner Hand und drehe ihn. Meine Werke stehen zwischen denen von Göttingen und Eichstätt. Es sind architektonische Meisterwerke.

«Macht er Fortschritte?» Professor Müller muss nicht erklären, wen er meint. Man kann es an seinen Sorgenfalten erkennen, die ihm immer ein wenig das Aussehen einer traurigen Bulldogge geben.

«Novalis?», frage ich und ernte eine senkrechte Falte zwischen den Augenbrauen. «Heute geht es ihm gut. Er hat schon ein Wort gebildet.»

Ich folge des Professors Blick und sehe sein Lächeln. Die Bauklötzchen, die wir Novalis, wie wir ihn nennen, geben, sind zu einem kleinen stabilen Haus aufgerichtet, an dessen Fundament das Wort E N D E steht.

Ich sehe mich nach unserem Patienten um. Sonderbar, dass er nicht an seinem Platz sitzt. Bis fünf Uhr nachmittags kann ihn keiner von dort weglotsen. Erst, wenn er sich um kurz nach fünf sein alkoholfreies Feierabendbier an der Ausgabe holt, kann man mit ihm sprechen. Ich blicke nach rechts und links, er ist nicht da.

Alarmiert renne ich in sein Zimmer. Dort liegt er ausgestreckt auf seinem Bett. Ein weißes Blatt Papier auf seinem Gesicht. Zwei weitere in seinen Rachen gepresst. Er ist erstickt. Auf einem der beiden Blätter steht nur ein Satz:

«Du hättest sie küssen müssen.»

Erschienen in der Anthologie «*Ein weisses Blatt Papier*»
Karina - Verlag, Wien 2017

Dat Schwein und die Bulette

«Ich war auch `ne Sau», rief die Bulette dem Schwein zu, das gerade des Weges kam.

Die Sau sah hochmütig auf die Bulette herab, die im Mund des Bauers verschwand. «Das kann ja jeder behaupten», grunzte sie.

Als sie nach Hause kam, wartete der Metzger schon.

Und die Moral von der Geschicht´: Buletten lügen nicht!

Sommer

Nie wieder Picknick

«Es gibt nichts Blöderes und Langweiligeres als ein Picknick im Grünen.» Alois rutschte unbehaglich auf dem Autositz umher.

«Jetzt warte es erst einmal ab.» Souverän lenkte Sabine den Passat die Serpentinen hinauf.

«Und dann auch noch mit dir zusammen.» Er sah aus dem Fenster, die Bergwelt zeigte sich heute früh von ihrer schönsten Seite. Tau benetzte die Almwiesen und auf allem lag eine verträumte Ruhe. Noch keine Touristen, dafür war es zu früh. Sabine hatte ihn um vier Uhr geweckt. Kaum eine Autostunde von München entfernt, eröffnete sich eine völlig andere Welt. Er ging immer gern ins Gebirge. Allein.

«Ich werde dich mit meinem Geplapper und Geächze nicht stören.» Sie bog in den Parkplatz ein. Noch war kein Wächter da, der sie abkassieren konnte. Sie öffnete die Wagentür und lehnte sich zu ihm. «Warte nur ab, du wirst Augen machen.»

Sie ging ums Auto herum und wirtschaftete im Kofferraum. Als er die Wagentür öffnete, wehte ein kühler frischer Luftstoß durchs Wageninnere. «Hier.» Eine Thermoskanne und die Tageszeitung landeten auf seinen Beinen.

«Was soll das geben? Dein Picknick?»

«Du kannst dir deinen Sarkasmus sparen, Alois. Du hast versprochen einen Ausflug mit mir zu machen. Nach meinen Spielregeln, und das ist die erste.»

«Dass ich wie ein Fernfahrer im Auto frühstücken soll? Toller Ausflug. Ganz nach deinem Geschmack. Die Natur sehen, aber nicht zu nahe kommen. In den Bergen sein, aber bloß nicht hinaufsteigen. Es ist doch immer dasselbe.» «Nein, anders, mein Lieber. Du liest jetzt die Zeitung und trinkst deinen Kaffee und ich werde mich alleine auf den Weg machen.»

«Hä?»

«Eine Schnitzeljagd. Wenn du mich gefunden hast, gibt es das Picknick.» Sabine schulterte ihren Rucksack.

«Das wird doch nichts.» Er betrachtete sie kopfschüttelnd. «Bis du dein zweites Zettelchen aufgehängt hast, hab ich dich doch schon auf deinen Dackelbeinchen eingeholt.»

«Charmant wie immer, Schatz. Glaub mir, du wirst staunen. Du musst mir nur eine halbe Stunde Vorsprung lassen.»

«Einen solchen Blödsinn hab ich noch nie gehört. Aber bitte, wenn du meinst.»

«Meine ich. Bis nachher, und verlauf dich nicht.»

Der Kies knirschte unter ihren Wanderstiefeln, als sie sich Richtung Waldpfad aufmachte.

«Eine halbe Stunde!»

«Mir soll es recht sein», brummelte Alois, der vorgab, bereits hinter der Zeitung vergraben zu sein. Doch als sich Sabine auf den Weg gemacht hatte, sah er ihr hinterher. So entschlossen hatte er sie schon lange nicht mehr erlebt. Außer das eine Mal, als sie geheiratet hatten. Man sah ja, wozu das führte. Zu einer Katastrophe. So würde dieser Tag auch enden. Er seufzte, sah auf die Uhr und schenkte sich Kaffee ein.

Zügig schritt er nach der verabredeten Zeit den Waldweg entlang. Er würde sie einholen, das war klar. Die Ruhe tat ihm gut. Der Duft des noch kühlen Waldes. Kein Geräusch, bis auf das Summen der Insekten. Wenn Sabine nicht wie ein Elefant durch den Urwald gebrochen war, könnte er vielleicht ein Wildtier sehen. Hasen und Gämsen gab es hier, einmal hatte er sogar einen Fuchs beobachtet. Da! Da hing der erste Zettel. Er nahm ihn vom Ast und wollte ihn schon einstecken, da sah er ihre Handschrift.

Es ist schön, etwas gemeinsam zu unternehmen, wenn man sich liebt.

Früher, am Anfang ihrer Beziehung, hatte sie ihm ständig irgendwo Zettel versteckt, teilweise mit sehr aufreizenden Texten. Wann hatte das aufgehört?

«Wenn man sich liebt», wiederholte er. «Ja, wenn.» Er zerknüllte das Blatt und steckte es in die Hosentasche. Was war das jetzt wieder? Ein moralischer Waldlehrpfad? Der nächste Zettel leuchtete schon von Weitem.

Ein Kompliment hin und wieder erhält die Partnerschaft.

«Wenn es Komplimente zu machen gäbe, du dumme Kuh, dann ja.»

Warum wurde er zornig? Er schritt noch weiter aus. Der nächste Zettel wich vom Weg ab, querfeldein ging es jetzt.

Uneben ist so mancher Pfad, dem Leben nicht unähnlich.

«Blablabla.»

Dass sie den Weg verlassen hatte, erstaunte ihn. Immer maulte sie, wenn er den Pfad verließ und sich querfeldein dem Gipfel näherte. Dabei wollte er nur den Menschen entkommen, die sich am Wochenende schwitzend bergan quälten. Irgendwann war sie nicht mehr mitgekommen. Wann war das gewesen? Er grübelte, aber nur kurz. So wichtig erschien es ihm nicht.

Wenn einem alles egal ist, sollte man es lassen.

«Wie richtig. Man sollte es lassen.» Diese Scheißzettel gingen ihm auf die Nerven. Das war noch schlimmer, als wenn sie ihm keuchend wie ein asthmatischer Hund in den Ohren lag.

«Den nächsten lese ich nicht.»

Alois stieg den Hang hinauf. Er musste seinen Blick am Boden halten, da Mäuse die Alm durchlöchert hatten. Er blieb kurz stehen. Dort, wo die Wiese endete und es erneut in den Wald ging, leuchtete wieder ein roter Zettel. Er stürmte darauf zu, wie ein Stier auf ein rotes Tuch.

Eingebildet und rechthaberisch zu sein, ist kein Kunststück.
Die Augen offen zu halten für seine Umwelt, ist eins.

«Amen.»

Hinter der nächsten Hügelkuppe würde er sie einholen, da war er sicher. Dann konnte sie aufhören, ihm diesen ganzen Mist zu schreiben. Wenn sie ein Problem hatte, könnte sie es ihm direkt ins Gesicht sagen. Er jagte bergan. Bog um die Kurve. Niemand.

«Das gibt's doch gar nicht. Seit wann hat die blöde Kuh Flügel?» Ihm wurde heiß. Die Sonne stieg höher. Er rannte den Hang hinauf, über Baumstämme, Wurzeln, Heidelbeergestrüpp.

Wut hilft nicht weiter, nur ein gerader Schritt.

«Das kannst du laut sagen!»

Er kam aus dem Wald. Ein roter Zettel flatterte im Wind. Ein Lächeln breitete sich über seinem Gesicht aus. Kein nettes Lächeln, eher ein sadistisches.

«So, meine Liebe, jetzt weiß ich, wo du hinwillst. Jetzt kommt die Überraschung.»

Glaube nicht, du kennst das Ziel, lass dich überraschen.

Kannte sie ihn wirklich so gut? In Ordnung, er würde das Spiel mitspielen bis zum Schluss. Dann wäre aber auch Schluss. Er hätte die Beziehung schon vor Jahren beenden sollen. Diese Klugscheißerin, was hielt ihn bei ihr? Die Gewohnheit, das Geld? Beides? Oben würde er ihr noch einmal so richtig die Meinung geigen. Dann würde er sie verlassen. Sollte sie sehen, wer sie mit ihrem dicken Arsch und ihren krummen Beinen nähme. Im Bett war sie eine Flasche. Das würde er ihr auch sagen.

Ein roter Zettel hing an einem kleinen Trampelpfad, eher ein Wildwechsel, als ein Weg. Er bückte sich, um durch die Zweige zu tauchen.

Ich habe viel von dir gelernt, dafür danke ich dir! Besonders ausgetretene Wege zu verlassen.

Ein Ast kratzte ihn am Rücken und riss ein kleines Loch in sein verschwitztes T-Shirt. «Du wirst gleich noch viel mehr kennenlernen, Süße!»

Alois richtete sich auf. Ein breiter Baumstamm lag über einem steilen felsigen Grat. Auf der anderen Seite sah er den Rucksack, die Decke. Von Sabine keine Spur.

«Jetzt kannst du was erleben.» Er balancierte über den Stamm, als ihn ein Stoß traf.

«Und wo waren Sie, als Ihr Mann in den Tod stürzte?»

«Ich war gleich hier, hinter dem Felsen. Ich musste mal.» Sabine schluchzte. «Es war eine romantische Schnitzeljagd, anlässlich unseres dritten Hochzeitstags.»

«Ich habe die Zettel gelesen, wirklich sehr tragisch. Eine reizende Idee und so ein trauriges Ende.» Der Leiter der

Bergwacht schüttelte den Kopf. Er sah noch einmal zu dem Felsen, auf den Sabine gezeigt hatte. Ein zerknülltes Taschentuch auf einem entsprechenden Haufen bezeugten ihre Worte. In Gedanken versunken stolperte er über einen langen Ast, der an die Felsen gelehnt stand.

Die Sache stinkt

«Na, schon mal einleben?» Herr Seidl grüßte über den Gartenzaun. Auf seinem Komposthaufen, der vor unserem zukünftigen Wohnzimmerfenster lag, thronte eine tote Krähe.

Ich inspizierte im letzten Abendlicht unsere Baustelle. An der Stelle, an der unser Wohnzimmer liegen würde, hatte ich einen Campingtisch gedeckt. Mit Champagner, kleinen selbstgemachten Häppchen und Herberts geliebten Erdbeeren, gezuckert.

«Ja, ein kleines Picknick, sozusagen schon mal vorschmecken, wie das sein wird im neuen Haus.»

«Ja, man muss die Ehe am Laufen halten. Ein wenig Phantasie, mal eine kleine Abwechslung im täglichen Einerlei.» Herr Seidl wandte sich ab, die Hand zum Gruß erhoben.

«Herr Seidl?», hielt ich ihn zurück, «der Komposthaufen?»

«Den werde ich rechtzeitig versetzen, wie abgesprochen, kein Grund zur Besorgnis.» Seidl blitzte mich pfiffig durch seine Brillengläser an. «Das habe ich Ihrem Mann, als er das letzte Mal in Begleitung dieser jungen Dame da war, schon versprochen.» Als ob er zu viel gesagt hätte, stolperte er durch die Hecke in sein Grundstück zurück.

Ich suchte mir den Weg durch den Bauschutt zurück zum Tisch. Zitterte meine Hand, als ich die Kerzen anzündete? Ich ließ mich in den Campingstuhl fallen, der merklich unter meinem Gewicht ächzte. Die gezuckerten Erdbeeren würde ich besser lassen.

Herbert war mit einer jungen Dame auf dem Grundstück gewesen? Bestimmt mit einer Sekretärin der Bauleitung.

Aber Seidl hatte es so komisch betont. Ich steckte mir eine Erdbeere in den Mund. Dass unsere Ehe nicht mehr glücklich war, konnte man ohne Übertreibung behaupten. Es lag an der Enge, in der wir lebten. Drei Zimmer für vier Personen, da musste man sich auf die Nerven fallen. Darum der Hausbau. Daraufhin Herberts Überstunden. Seine Gereiztheit war noch schlimmer geworden. Wenn wir erst im Herbst eingezogen wären, würde alles besser werden.

«Au, verflucht!» Ich hatte Herberts Kommen erst bemerkt, als er sich so charmant ankündigte.

«Hier drüben Liebling!»

«Ja, ja, du bist ja schwerlich zu übersehen.» Ich legte die Erdbeere, die ich gerade essen wollte zurück.

Er ließ sich auf den Campingstuhl fallen. «Was für eine saublöde Idee, sich mitten in der Nacht auf der Baustelle zu treffen! Lebensgefährlich ist das!»

Mir stiegen die Tränen in die Augen.

«Was sind denn das für Rohre, die da aus dem Boden ragen?»

«Hallo erst mal», begrüßte ich ihn tapfer.

Er brummte irgendwas.

«Das sind die Lüftungsrohre.»

«Gibt's ein Bier, ich bin am Verdursten.» Sein Blick schweifte über den Tisch.

«Champagner.»

«Champagner? Haben wir was zu feiern?» Er nahm die Flasche und begutachtete sie im Kerzenschein. «Ging das nicht ein wenig bescheidener?» Während er die Flasche entkorkte, lockerte er seine Krawatte und öffnete die oberen Knöpfe seines Hemdes.

Ich erstarrte.

Mit erhobenen Gläsern saßen wir uns gegenüber.

«Auf was wollen wir trinken?», fragte ich immer noch verstört.

«Auf die Zukunft.»

«Auf unsere gemeinsame Zukunft.» Ich schenkte mir sofort nach.

«Auf die Zukunft.»

«Du wolltest etwas mit mir besprechen?» Ich merkte, wie meine Stimme zitterte. «Aber nimm dir doch erst einmal von den belegten Brötchen. Ich habe welche mit Schinken und Käse, mit dem Gouda, den du so magst. Oder die Garnelen in Knoblauch, die sind ganz frisch.» Ich plapperte, fiel mir auf und verschloss den Mund.

Er nahm sich ein Brötchen und legte es vor sich hin.

Ich griff nach einem anderen und ließ es sofort in meinem Mund verschwinden. Nicht, dass ich hungrig gewesen wäre. Ich brauchte etwas zu tun. Ich wollte meinen Mund versperren, bevor ich losschrie. Ich kaute wie besessen auf dem Brot herum. Zermalmte es – anstatt.

«Wie du sicher bereits gemerkt hast», er hielt inne und nahm einen Schluck Champagner, «wie du sicher schon gemerkt hast, läuft es seit Jahren nicht mehr so in unserer Ehe, wie es sollte.»

Ich stöhnte auf. Ganz leise nur, und doch sah er mich prüfend an.

«Also was ich dir sagen wollte, sagen muss, ist – ich werde mich von dir trennen.»

Jetzt war es raus. Hatte ich auch noch versucht, mich selbst mit diesem beknackten Picknick zu belügen, so konnte ich nun die Augen nicht weiter verschließen. Ich stopfte mir ein weiteres Brot in den Rachen. Wollte ich mich selbst ersticken? Mit vollem Mund fuhr ich ihn an: «Ist es die Schlampe, von der mir Seidl erzählt hat?»

Fast mit Abscheu betrachtete mich Herbert. «Nenn Christine nicht Schlampe. Sie ist Mutter von zwei Kindern und sehr anständig.»

«So anständig, dass sie einer anderen Mutter den Vater ihrer Kinder wegnimmt und ihm Knutschflecken macht?» Ich stülpte mir ein weiteres Glas Champagner in den Hals.

Herbert stand auf und lief ein wenig umher. So kannte ich ihn seit Jahren. Neunzehn Jahren, genaugenommen. Immer wenn es eng für ihn wurde, fing er an, im Kreis zu laufen.

«Es hat keinen Sinn, dass wir weiter über Christine sprechen, dass wir überhaupt etwas besprechen. Ich habe mich entschieden. Ich werde dich verlassen.»

«Aber du kannst unsere Ehe doch nicht einfach wegschmeißen, als ob sie Nichts gewesen wäre.

Denk an unsere Kinder.»

«Die wissen es bereits. Ich bin ihnen letzte Woche mit Christine begegnet. Das Einzige, was sie von mir verlangt haben, war, dass ich dir reinen Wein einschenke.»

Als ob diese Worte bekräftigen wollte, schenkte er mir mein Glas nach. Ich sah im verdattert zu.

«Sie wussten es. Sie wussten es die ganze Zeit?» Das Glas war im Nu leer.

«Ja, sie haben sich bereits damit abgefunden. Simone, sie sind keine kleinen Kinder mehr. Fünfzehn und neunzehn. Da weiß man, wie das Leben läuft.»

Anscheinend war ich noch ein kleines Kind. Mir stiegen die Tränen in die Augen. Alle hatten es gewusst. Alle waren anscheinend damit einverstanden. Und ich? Ich war es nicht!

«Nein.»

Herbert legte seine Hand auf meine Schulter.

«Beruhig dich. Du wusstest es bestimmt schon.

Ich kenne dich, für so etwas hast du ein Näschen.» Wollte er mich am Ende loben? Mir fiel zu dem Wort Näschen ganz was anderes ein. Am liebsten hätte ich ihm eins auf sein Näschen …

«Die Jungs und du behaltet selbstverständlich die Wohnung, solange sie noch in der Ausbildung sind.»

Ich war erstarrt. Er hatte bereits alles arrangiert. Alle waren glücklich und zufrieden.

Sein Handy piepste. Ich sah sein glückliches, sein erleichtertes Gesicht, das vom Display erleuchtet wurde.

«Ich muss gehen. Du kommst klar?» Er machte eine Handbewegung, die alles einschloss. «Nette Idee übrigens.»

«Und das Haus?», stotterte ich ihm hinterher. «Was wird mit unserem Haus?»

Er drehte sich leichtfüßig um. «In das werden Christine und ich einziehen. Sie hat kleine Kinder, da ist ein Garten optimal.»

Sagte es und verschwand.

Verschwand aus meinem Leben. Eine bestialische Wut ergriff mich. Rache!

Mühsam erhob ich mich aus dem viel zu engem Campingstuhl. Der Champagner ließ mich taumeln. Vielleicht auch der zu hohe Blutdruck.

Ich stolperte in die Dunkelheit. Tränen verschleierten meinen Blick. Ich fiel. Ich war über die Lüftungsrohre gestolpert. Ich kehrte um. Ich räumte auf. Man darf nicht sagen, dass ich eine schlampige Hausfrau bin. Die Reste des Picknicks kippte ich in den Lüftungsschacht. Mit den Möbeln unter dem Arm stand ich da und sah mich ein letztes Mal um. Stellte die Möbel ab, tastete den Weg zu Seidls Komposthaufen. Die Krähe, ein Unglücksvogel. Ich warf sie zuletzt in den Lüftungsschacht und verschloss ihn wieder. Sorgfältig.

Eine Seite nur!

«Familienwochenende!» Gabi ließ sich auf ihren Stuhl fallen. Der Tisch war gedeckt. Brotzeit, eine feine Sache, wenn man an solchen trivialen Dingen interessiert war.

Thomas sah auf, er hatte seinen Schreibblock neben dem Teller liegen. Eigentlich hatte er die Packungen mit dem Käse und die Butter zur Seite geschoben, um mehr Platz zu haben. Vor ihm saßen seine zwei Söhne, zwölf und neun Jahre, und unterhielten sich lautstark über WOW. Irgendein Internetspiel, wie er am Rande mitbekommen hatte. Gabi nahm ihm resolut den Block weg und den Stift aus der Hand.

«Schatz, Abendbrot, Familienwochenende.» Sie sang die Wörter fast.

Thomas war mit seinen Gedanken in Andorra. «Ja, Schatz.» Er belegte das Brot, das Gabi fürsorglich auf seinen Teller gelegt hatte, mit irgendeiner Wurst.

«Nimmst du keine Butter?»

«Was? Ich wollte eh abspecken.» Er sah auf das lieblos belegte Wurstbrot.

«So wenig Bewegung, wie du die letzten Wochen hattest, vielleicht nicht verkehrt.» Er biss in sein Brot.

«Was wollen wir morgen unternehmen? Wollen wir wandern? Früh aufstehen und los, ab ins Gebirge? Das Wetter soll morgen fantastisch werden!»

«Andorra.»

«Was?»

«Ja, klar Schatz, entschuldige. Ins Gebirge, wandern.»

Die Kinder rollten die Augen zur Decke.

«Wandern!» Zweistimmig.

«Für euch ist es Zeit. Ab ins Bett! Zähneputzen nicht vergessen!» Gabi scheuchte die beiden mit einer Handbewegung vom Tisch. Die Jungs verließen lärmend die Küche, ohne abzuräumen. So weit beobachtete Thomas die familiäre Situation. Hätte er jemals ...? Würden seine Protagonisten ...?

«Tom?»

Er sah auf.

«Du hast es versprochen! Dieses Wochenende ohne Schreiben. Nur dieses!» Das Zweite dieses kam schärfer.

«Ich habe den Laptop heruntergefahren.»

«Ja, aber nicht deinen Kopf.»

Er gab es zu. Geistig weilte er in seiner Heimat,

im Moment in Andorra, auf den satten Wiesen der Gebirgswelt Andorras. Welch verheißungsvoller Name. Er sah die Hänge direkt vor sich. Grün, weil es Frühling war, felsig, steil. Warmer Geruch, voller Anfänge und Verheißungen. Dort lebte er, fühlte er, wollte er sein.

«Tom, ich meine das ernst. Dieses Wochenende gehört uns!»

«Abgemacht ist abgemacht, ich werde kein Wort tippen oder auf einen Zettel schreiben.» Er griff nach ihrer Hand. «Versprochen.»

Sie sahen sich in die Augen, prosteten sich zu. Sein Weißbier war leer, er hatte es, ohne es zu merken, getrunken. In Andorra trank man Wein. Roten, kräftigen Landwein. So nahm er an. Sollte er im Internet nachsehen, welcher Wein in diesem Land getrunken wurde? Ja, das wäre besser.

«Also, was wollen wir morgen unternehmen?»

«Wallberg?»

Seine Antwort wurde mit einem Augenrollen kommentiert.

«Dann schlag du was vor.»

«Dir ist es doch total egal. Du wirst zusammen mit uns durch die Bergwelt latschen und hoffen, dass es bald vorbei ist und du an deinen geliebten Laptop zurückkannst.

Du bist schon wie deine Söhne.»

«Stimmt nicht, ich …»

«Doch», schnitt ihm Gabi das Wort ab. «Du willst an den Computer, dich in deine, welche auch immer, Geschichte versenken.»

«Nein. Doch, ja, es ist mir im Moment wichtig.» «Im Moment?» Gabi lachte gespielt auf. Schnaubte. Sie öffnete zwei weitere Weißbiere und schenkte sie fachmännisch ein. Sie hob ihr Glas. «Auf das Buch, das zwischen uns steht.» Sie trank einen großen Schluck.

Thomas hatte sein Glas nicht angerührt. Er sah fasziniert zu seiner Frau. Dieses Temperament, gepaart mit Leidenschaft, diese Aggression. Diese Eigenschaften musste er seiner Protagonistin zuschreiben. «Es ist, ich bin an einem Punkt angelangt, da wird es schwierig …»

«Schwierig war auch der Anfang, dann warst du im Schreibfluss, der nicht gestört werden durfte.

Und jetzt, was ist es jetzt? Der Anfang vom Ende?» Gabi war schrill geworden und trank einen weiteren Schluck. Ihr Glas war schon halb leer.

Er bemerkte es.

Sie bemerkte seinen Blick.

«Halb voll, man soll positiv denken!» Gabi setzte ihr Glas betont sanft auf. «Du sollst bei uns sein.»

«Bin ich doch.»

«Ich habe das Gefühl, du lebst nur in deinem Buch. Wir existieren nicht mehr.»

Er trank einen Schluck. Er hatte nicht gegessen, außer dieser einen Scheibe Brot. Der Alkohol stieg ihm zu Kopf. Er spürte es, sein Gehirn arbeitete langsamer. Als ob man ihm Fell um die Stirn gebunden hätte. Seine Beine unter dem Tisch waren weg. Seine Gedanken auch – bei seinen Protagonisten. Hatten die sich je auf eine so blöde Art unterhalten? Dazu hätten sie gar keine Zeit, sie mussten wirkliche Probleme lösen, sich befreien, bevor der König sie köpfen ließ.

«Thomas?»

«Ich habe gerade versucht, meinen Schluckauf zu unterdrücken.» Andere Männer gingen fremd, warum log er?

«Ich fühle mich verlassen!» Gabi war mittlerweile ziemlich alkoholisiert. Hatte sie gegessen? Er wusste es nicht. Jedenfalls öffnete sie das nächste Weißbier.

«Trink nicht so viel.» Blöder Kommentar. Er wusste es.

«Ich trinke so viel, wie ich möchte. Ich tu, was ich möchte, du hast keine Ahnung!»

«Wie sollte ich auch? Den ganzen Tag arbeite ich, um euch das hier zu ermöglichen.» Er ruderte mit den Armen, um alles einzuschließen. Sein Weißbier war verschwunden, wann, konnte er nicht sagen. Er ging an den Kühlschrank.

«Und dann kommst du nach Hause und bist nicht da.» Gabi heulte in seinem Rücken.

«Nach Hause, nach Hause», äffte er sie nach. «Mein Zuhause habe ich immer bei mir, es ist in meinem Buch, in meinem Herzen, in meinem Blut.»

«Dann brauchst du uns nicht mehr.»

Das hatte gesessen. Er bekam Probleme mit seinem Chef, der ihn wegen des ständigen Schreibens ermahnt hatte, und jetzt noch mit seiner Frau. Wollte sie sich von ihm trennen, ihn verlassen? Würde sie das Haus behalten oder er? Sie selbstverständlich. Sie hätte ja die Kinder. Er bräuchte nur seinen Laptop und seine Ruhe. Er wollte nur Zeit und heim nach Andorra.

«Gehen wir jetzt morgen wandern, oder nicht?»

Frauen! Diese Gedankensprünge würde er in hundert Jahren nicht verstehen. Sie hatte sich gerade von ihm trennen wollen. Er hatte sich bereits in seiner kleinen Dachstube gesehen. Wie der arme Poet. Hungernd, frierend, harten Entbehrungen ausgesetzt, wie nur seine Protagonisten sie kannten.

«Natürlich, ich habe es ja versprochen!» Die

Dachstube würde warten müssen. Seine Romanfiguren auch. Er seufzte.

«Dann ...» Gabi stand wacklig auf. «Ich gehe mal vor und lasse dir eine Wanne ein.» Erst räumte sie den Tisch ab.

Thomas trank sein Bier.

Gabi ließ das kleine Licht über der Anrichte brennen und ging nach oben.

Er hörte das Wasser im Bad rauschen. Wie ein

Gebirgsbach.

In Andorra.

Standen dort nicht seine Romanfiguren im Schatten und sahen ihn anklagend an?

«Geduld, Geduld.» Er stellte sein Glas in die Spüle.

Auf dem Weg ins Bad rutschte er auf einer Wachsmalkreide seines Jüngsten aus.

Er wusste, dass Gabi im Bett auf ihn warten würde.

Wahrscheinlich in Dessous, es war Freitag.

Seine Romanheldin war so sexy.

Er stieg in die Wanne.

Der Schaum umhüllte ihn.

Ob Gabi noch wach war, nach all dem Bier?

Er angelte nach seinen Hosen.

Die Wachsmalkreide haftete am Wannenrand.

Er schrieb.

Seine Romanheldin war so verführerisch.

Er wollte zu ihr.

Sie wollte in die Berge.

Ob er ihr folgen würde?

25 Minuten

Verärgerung half einem selten weiter und so beschloss ich, vorbehaltlos an den Fall heranzugehen, den mir mein Chef anvertraute. Die Ereignisse, die dazu führten, dass ich Richtung Starnberg fuhr, lagen in der Vergangenheit, waren allerdings durch einen anonymen Anruf wieder zu Tage getreten. Die Staatsanwaltschaft hatte sich eingeschaltet und jemand musste der Sache nachgehen. Ich rief mir die Fakten, die mir mein Chef zwischen Tür und Angel erzählte in den Sinn und verknüpfte sie mit dem Wissen, das ich als Zeitungsleser besaß.

Im vergangenen Mai war der Millionär Friedrich Hauser mit achtzig Jahren an einem Herzinfarkt gestorben. Er hinterließ eine Ehefrau und eine adoptierte Tochter, die sich das Erbe teilten. Die Presse hatte sich darauf gestürzt, dass die Tochter eine ehemalige Harz IV-Empfängerin war und zu solch einem Reichtum kam. Die Staatsanwaltschaft war eingeschaltet worden, um sicher zu gehen, dass Friedrich Hauser eines natürlichen Todes gestorben war. Sein Leibarzt gab zu Protokoll, dass der Tote auf Grund seiner Vorerkrankung ein schwaches Herz hatte und diesem Leiden eines Nachts erlegen war. Friedlich eingeschlafen, so hieß es bei der Abschlussuntersuchung. Dass er kurz vor seinem Tod noch eine junge Frau adoptiert hatte, gab reichlich Stoff für die Gerüchteküche, aber nachgewiesen werden konnte nichts. Nach kurzer Zeit verlor die Presse das Interesse und Hausers Tod wurde vergessen. Bis vor einer Woche. Ein anonymer Brief, der bei der Polizei samt einer CD hinterlegt wurde, rollte den Fall wieder auf und jetzt war es an mir, jeden Zweifel auszuräumen.

Natürlich hatte ich mir die CD angehört. Allerdings konnte ich nicht behaupten, dass sie mich weitergebracht hätte. Es war eine Aufnahme eines Kriminalhörspiels, das mich gelinde gesagt, langweilte. Natürlich versuchte ich Parallelen zwischen dem Krimihörspiel, und dem Tod des Millionärs herauszuhören, gab es jedoch nach dem fünften Versuch auf. Was, so fragte ich mich, hatte ein erhängter Kater mit einem im Schlaf gestorbenen Mann zu tun?

Eine Stunde später lag die einsam gelegene Villa der Hausers vor mir. Sie wirkte sie wie eine Festung. Jedes Fenster war mit massiven Gittern gesichert, dazu entdeckte ich Überwachungskameras und Flutlichter, von denen ich überzeugt war, dass sie zu Bewegungsmeldern gehörten, die jeder Haftanstalt Ehre gemacht hätte. Hier wohnte jemand, der sich seines Reichtums bewusst war, machte ich mir klar und stieg aus meinem Auto.

Kaum hatte ich die Wagentür geschlossen, trat mir bereits buntgekleidete Frau entgegen, die mich bat, ihr ins Haus zu folgen. Nun, es gibt meiner Meinung nach zwei verschiedene Sorten reicher Menschen und ihre Art, dies zu zeigen. Die einen umgeben sich mit kostspieligen Dingen, häufen sie regelrecht an, so dass es dem Betrachter vorkommt, als ob eine Lawine teurer Gegenstände per Zufall in ein Zimmer gekippt worden wären. Die zweite Art lebt schon fast in einem Nichts. Einzelne Gegenstände, die dezent in Szene gesetzt werden, umgeben von puristischer Einrichtung, die keinerlei weiteren Sinn hat, als für was sie erschaffen wurden. Auf solch einem puristischen Sofa ließ ich mich nieder, und sah mich in dem Zimmer, das nicht viel für das

Auge zu bieten hatte, um. An allen drei Wänden zogen sich weißgelackte Einbauschränke entlang. Das Sofa, auf dem ich Platz genommen hatte, stand einem gleichfarben grauem Pendant gegenüber. In der Mitte ein Glastisch, auf dem kein Fingerabdruck zu sehen war. Alles wirkte steril und übersichtlich. Meine Gastgeberin kam gleich auf den Punkt. «Ihr Chef hat mir Ihren Besuch bereits angekündigt. Ich persönlich finde es unnötig, aber ich verstehe, dass Sie reagieren müssen. Wie kann ich Ihnen helfen?»

Aus einem unergründlichen Grund war ich bis zur Sekunde der Meinung gewesen, dass ich der armen Frau helfen müsste, und brauchte einen Moment, bis ich eine passende Antwort fand. «Ist Ihnen noch irgendetwas eingefallen, dass die Behauptung des Schreibers untermauern könnte?»

«Nein. Ich finde es mehr als befremdlich, dass sich ein Unbekannter erdreistet, durch seine Behauptung diese Geschichte wieder ans Licht zu bringen. Nun, ich habe damals alles gesagt, was es zu sagen gab. Ich war zum Todeszeitpunkt meines Mannes nicht im Haus. Ich war auf Geschäftsreise. Mein Mann fühlte sich nach seinem Krebsleiden nicht mehr in der Lage, solch anstrengende Termine selbst wahrzunehmen.»

Frau Hauser wirkte, trotz oder gerade ob ihres Alters wie ein Paradiesvogel in diesem sterilen Raum. Ihr rosa Kostüm, das sie mit einer grünen Bluse komplementierte und die rosa hochhackigen Schuhe, irritierten mich fast noch mehr, als der Tennisplatz, den ich durch die Fensterfront sehen konnte und der gänzlich mit Glas eingefasst war, statt mit einem üblichen Drahtzaun.

«Verzeihen Sie meine Frage. Der Tennisplatz … Ist das Glas?»

«Kugelsicheres Glas, ja. Mein Mann hat sehr auf Sicherheit wertgelegt. Zu sehr, wenn Sie mich fragen.»

«Die Gitter.»

«Ach, nicht nur die. Sie wundern sich bestimmt über die grässliche Einrichtung. Friedrich meinte, so könne sich kein Einbrecher verstecken.»

«Meine Kollegen haben damals keinerlei Einbruchspuren sicherstellen können.»

«Eben. Friedrich ist an einen Herzinfarkt gestorben und fertig.»

Ich fühlte mich so unnütz wie meine Fragen. «Der Briefschreiber hatte eine CD beigelegt und wollte damit beweisen, dass es Mord war.»

«Das hat mir Ihr Chef mitgeteilt. Nur, was soll ich dazu sagen? Eine CD mit Kriminalgeschichten. Davon hatte Friedrich Hunderte. Ich zeige Sie Ihnen.»

Ich freute mich über eine Hausführung und hoffte, ein weiterer Raum würde mit mehr über den Toten verraten.

«Hier sind unsere privaten Gemächer.»

Da alle Zimmertüren offen standen, konnte ich in die Räume blicken, an denen wir vorbeigingen.

«Das hier ist das Schlafzimmer meines Mannes mit angrenzendem Bad. Gegenüber», sie zeigte auf eine weitere Tür, «ist die Bibliothek.»

Frau Hauser bog in die Bibliothek und ich staunte. Reihe um Reihe von der Fußleiste bis zur Decke erstreckten sich CDs. «Das sind alles Hörbücher?»

«Ja. Mein Mann hatte ein Faible dafür. Als unser Sohn die ersten Hörspiele bekam, saß er öfters davor, als das Kind.»

«Ihr Sohn?»

«Er ist vor Jahren verunglückt. Nun, das ist bestimmt auch ein Grund, warum Friedrich diese Susanne Brand im Testament bedacht hat.»

«Über die wollte ich mit Ihnen reden.»

«Was mich jetzt nicht weiter erstaunt. Aber sehen Sie sich erst um, Herr Kommissar. Wenn Ihnen etwas davon gefällt,» sie tippte auf eine Regalleiste, «dürfen Sie es gerne mitnehmen. Die restliche Sammlung wird verkauft.»

«An wen?» Ich legte den Kopf schief und las die Titel.

«An Sammler. Allerdings nur die gepressten CDs. Die Selbstgebrannten werden entsorgt.»

«Ach, Ihr Mann hat die CDs auch gebrannt und getauscht?»

Ein Lächeln überlief das ehemals schöne Gesicht. «Da Sie ihn heute posthum nicht verklagen können… Er war Mitglied bei verschiedenen Tauschbörsen.»

«Dann kommen diese CDs von überall her?»

«Die Oberen, ja. Diese Reihe hier, die sind alle von Erich.»

«Das ist der Ehemann von Susanne Brand, richtig?»

«Genau. Friedrich und er haben sich angefreundet. Mich hat es gefreut.»

Ich blickte in Frau Hausers Augen. Was ich las, war keine Freude.

«Verstehen Sie mich nicht falsch. Als mein Friedrich an Krebs erkrankten und wir den Aufruf zur Blutspende machten, um seinen Blutkrebs zu heilen, waren wir mehr als dankbar, als Susanne sich als passende Spenderin herausstellte. Sie war wie ein Sechser im Lotto. Dass Friedrich ihr daraufhin sein gesamtes Vermögen vermachte, war vollkommen legitim, auch wenn ich es für etwas übertrieben empfunden habe.»

«Mögen sie Susanne?»

«Nein. Aber das tut nichts zur Sache. Ich habe mein Auskommen. Ich war schon immer finanziell unabhängig und habe nichts zu beklagen.»

«Und Erich? Wie standen Sie zu Erich?»

«Die beiden hatten ihr gemeinsames Hobby, Erich hat sich viel um meinen Mann gekümmert und hatte als Apotheker manchen nützlichen Tipp für ihn.»

«Susanne und Erich haben sich um Ihren Mann gekümmert, wenn Sie nicht im Haus waren?»

«Sie haben ihn besucht. Gekümmert hat sich Erika, unsere Perle. Sie hat gekocht und ihm die Wäsche gemacht und war eben da.»

Da meine Kollegen diese Erika schon befragt hatten, ging ich nicht weiter auf die Perle ein. Es gab anderes, das mich viel mehr interessiert. «Verzeihen Sie, aber der Tennisplatz, die Möblierung. Ihr Mann schien unter einem gesteigerten Sicherheitsbedürfnis gelitten zu haben.»

«Das haben Sie nett ausgedrückt. Seine größte Angst war es, von Einbrechern im Schlaf überrascht zu werden.»

«Und dann hörte er sich solche Hörspiele an?»

«Statistisch gesehen sind Frauen erstaunlicherweise die größten Thriller- Leser. Ich denke mal, es ging in diese Richtung. Er lag in seinem Bett, wusste, dass ihm nichts passieren konnte, und gruselt sich gerne.»

«Er hat sich die Hörspiele im Bett angehört?»

«Ja, zum Einschlafen. Aus dem Grund hatten wir getrennte Schlafzimmer. Ich konnte bei solch morbiden Geschichten nicht schlafen. Er umso besser.»

«Der Arzt hat Ihrem Mann ein schwaches Herz attestiert. Waren unter diesen Umständen solche Geschichten zuträglich?»

Frau Hauser hatte ein jugendliches, ansteckendes Lachen. «Sie meinen doch nicht, dass er sich zu Tode erschreckt hat? Übrigens auf diese Idee war bereits einer Ihrer Kollegen gekommen. Er hat die CD, die damals in seinem Apparat am Nachttisch stand mitgenommen. Seiner Meinung nach, war das das langweiligste Hörspiel, das er je zu Ohren bekommen hatte, bevor er es mir wieder aushändigte.»

Ich erinnerte mich des Berichts und war genauso klug, wie zuvor. Die CD, die der Staatsanwaltschaft zugespielt worden war, war mir genauso schlaffördernd vorgekommen. Die letzten Worte des guttural sprechenden Erzählers hatte mir keinen Schrecken einjagen können. Wahrscheinlich war alles so gelaufen, wie es schon im Bericht vor einem halben Jahr gestanden hatte: Herr Hauser hatte zu Abend gegessen, war um halb elf in die obere Etage gegangen, hatte sich ein Hörspiel eingelegt und eingeschlafen. Und nicht mehr aufgewacht. «Darf ich mir das Zimmer Ihres Mannes ansehen?»

«Wollen Sie noch ein paar CDs mitnehmen?»

Nur um der Gastgeberin einen Gefallen zu tun, suchte ich mir zwei Stücke aus.

«Das Schlafzimmer. Ich habe nichts ändern lassen.»

Ich sah mich um und konnte nichts Besonderes entdecken. Die eine Wand bekleidete ein Einbauschrank die andere ein

Bett mit dazugehörigem Nachttisch, auf dem eine teuer wirkende Stereoanlage stand.

Ich verabschiedete mich von Frau Hauser und fuhr Richtung München, als ich auf der Autobahn in eine Vollsperrung geriet. Von Starnberg bis München Süd gibt es keinerlei Ausweichmöglichkeiten und so hing ich meinen Gedanken nach. Ich stellte den Motor ab und sinnierte über das Gespräch. Ob es Sinn machte, Erich oder Susanne Brand noch einmal zum Tod ihres Gönners zu befragen? Die Zeit zog sich und so tat ich etwas, was ich bisher noch nie getan hatte: Ich legte eine der Hörspiele ein. Mein CD-Spieler im Auto gab ein kratzendes Geräusch von sich, ich hörte das Spulen und dann nichts mehr. Missmutig schmiss ich die CD auf den Nachbarsitz und probierte es mit der nächsten, die sofort begann. Ich finde, dass Stau schon eine Sache ist, die einen Menschen zum Wahnsinn treiben konnte, aber ein schlechter Krimi ist für einen Polizisten schlimmer als Folter. Irgendeine masochistische Ader in mir, wollte wissen, wer der Mörder war und so blieb ich beim Text, bis der Anruf meines Chefs mich unsanft aus meinem Lauschen riss. Ich gebe zu, dass ich seinen Ausführungen nur mit halbem Ohr folgte, denn das Hörspiel wurde auf einmal interessant. Was ich vernahm, ließ mich, kaum, dass ich in München von der Autobahn abgefahren war, wenden.

Ich spulte noch einmal zum Ende des Textes, um sicherzugehen, dass ich mich nicht geirrt hatte, und wählte per Freisprechanlage die Nummer, die mir mein Chef durchgegeben hatte.

«Brand.»

Ich stellte mich Herrn Brand vor und verlangte seine Frau zu sprechen.

«Die ist im Krankenhaus.» Ein ersticktes Schluchzen begleitete seine Worte. «Die Ärzte tappen im Dunkeln. Ich glaube, es hängt mit dieser verteufelten Knochenmarkspende zusammen. Seitdem geht es täglich mit ihr bergab.»

Eine halbe Stunde später öffnete mir Frau Hauser mit einem erstaunten Ausdruck die Tür, auf den ich nicht weiter einging. Nicht, dass es um Gefahr in Verzug ging, aber ich vibrierte vor Tatendrang und wollte der Sache auf den Grund gehen. Die völlig verdutzte Hausherrin begleitete mich abermals ins Schlafzimmer ihres Mannes. «Ich verstehe nicht.»

«Warten Sie einen kleinen Moment.» Ich legte die CD ein, die ich zuvor im Stau gehört hatte, als mein Chef anrief und ließ den Text bis zur letzten Stelle springen. «Aha.»

Frau Hauser sah mich mit verständnisloser Miene an. «Und der Mörder ist? Und jetzt? Habe ich etwas überhört?»

«Ganz im Gegenteil, Sie haben mehr gehört, als ich vorhin im Auto.»

Ich stürmte an Frau Hauser vorbei, zurück zu meinem Wagen. Dort holte ich die gesamte Akte, die sich über den Fall Hauser angesammelt hatte. Ich fischte die CD heraus, die uns der anonyme Hinweisgeber hatte zukommen lassen und ließ auch diese bis kurz vor das Ende vorspringen. Wieder ertönte die wohltönende Stimme des Erzählers im Schlafzimmer: «Und wieder hatte ich einen Mörder, dank meines messerscharfen Intellekts dingfest gemacht. Schalten Sie wieder ein, wenn es heißt – und der Mörder ist …»

Frau Hauser runzelte die Stirn. Im Zimmer war es totenstill. Ich blickte auf die Uhr. Fast meinte ich, ich hätte mich geirrt. Rauschen. Fünf Minuten. Sieben Minuten. Dann ein Knall. Aus dem Augenwinkel sah ich, wie Frau Hauser zusammenschrak. Eine dunkle Stimme erschall im Raum. «So Hauser, raus mit der Kohle. Das ist ein Überfall. Lass die Augen zu, dann passiert dir nichts.»

Ich hatte einen Fall aufgeklärt und ein Leben gerettet. Durch meinen Tipp hatten die Ärzte bei Frau Brand eine schleichende Vergiftung festgestellt und die nötigen Schritte eingeleitet.

Herr Erich Brand war unter den ihm zur Last gelegten Vorwürfen zusammengebrochen und hatte alles gestanden. Er hatte die Aufnahme gemacht, um den Erblasser frühzeitig ins Jenseits zu befördern.

Dass mein Kollege zuvor den den angehängten Teil des CD – Hörspiels nicht gehört hatte, lag an der Technik.

Laut Techniker gab es CD-Rohlinge im üblichen Format von 74 Minuten. Nur gab es auch welche, die sich durch engeren Spurlauf auf 99 Minuten erhöhen ließen. Allerdings braucht man dafür ein besonders gutes Gerät, das in der Lage war, diese CDs bis zum Schluss zu lesen. Friedrich Albert Hauser hatte solch eines besessen. Im Gegensatz zu unserer Polizeidienststelle und meinem Auto.

Bevor noch jemand auf den Gedanken gekommen wäre, die im Laufwerk befindliche CD auf dem Apparat des Hausherrn abzuhören, hatte sie Erich Brand bei einem seiner Kondolenzbesuche mitgenommen. Und Susanne Brand hatte diese CD, gelangweilt durch ihre Krankheit, die sie immer öfter ans Bett fesselte, angehört, bevor sie sie uns anonym zugespielt hatte.

*E*ine begleitende Geschichte zur 5-teiligen Krimireihe um Hauptkommissar Konrad von Kamm, erschienen im bookshouse-Verlag 2014-2018.

Nichts ist wertvoll

Der König der Tiere, der mächtige stolze Löwe, hatte zu seinem Geburtstag geladen. 222 Geschenke durften ihm überreicht werden.

Glücklich lächelnd saß er vor 221 geöffneten Kisten und erfreute sich an ihrem Anblick. Golden und silbern funkelte ihm der Inhalt entgegen. «Was bin ich glücklich, was werde ich geliebt!» Er spielte mit einem massiv goldenen Becher und ließ ihn um seine Kralle kreiseln. «Wo ist mein Geschenk 222?»

Zwei Gestalten näherten sich dem Thron. Der Pfau, eitel wie er selbst und neidisch auf den Königsrang.

An seine Seite eine kleine abgemagerte Maus. Räudig arm und alt.

«Verehrter König, ich überreiche ganz ehrwürdig mein bescheidenes Geschenk und die besten Wünsche.» Der Pfau verbeugte sich tief und schlug ein Rad, das in tausend Farben schillerte und bunte Lichter auf die Palastwände warf.

Der König griff nach dem Geschenk, da trat die Maus eilig hervor. «Haltet ein, nehmt mein Geschenk, es ist das Wertvollste von Allen.»

Der König sah von einer Kiste zur anderen. Die des Pfaus, reich verziert mit Edelsteinen, die Kiste selbst aus purem Gold.

Das Kästchen des Mäuserichs aus altem Holz, gar grob zusammengezimmert.

Der König sah erst den Mäuserich, dann seine Kiste verächtlich an und griff nach der des Pfaus.

Doch kaum hatte er sie geöffnet, traf ihn der Blick eines Basilisken und ließ ihn sterbend zusammensinken.

«Was war in deiner Kiste, Mäuserich?» Er stieß seine letzten Worte nur noch undeutlich aus.

«Nichts», flüsterte das Mäuschen und weinte.

Und die Moral von der Geschicht`:

Man glaubt die Wahrheit nicht, wenn sie ein Armer spricht, und selbst die Lüge glaubt man einem reichen Wicht (Friedrich Rückert).

Oder auch: Nicht alles ist Gold, was glänzt.

Herbst

Die Natur hilft sich selbst

Die Männer hatten ganze Arbeit geleistet. Eine Woche lang hatten die Gärtner gewirkt. Hildegard konnte sich kaum an den Blumenrabatten sattsehen. Ein Blumenmeer sollte es werden. Ihr Blick schweifte über ihr kleines Grundstück, liebkoste die zwei frisch getrimmten Buchsbäume. Einer war sogar in Herzform geschnitten! Wenn Erwin das sehen könnte.

Links von dem Buchs-Herz der kleine runde Gartenteich. Entleert und frisch eingelassen. Sogar der Springbrunnen funktionierte wieder. Er plätscherte fröhlich vor sich hin. Als Schulkind war sie gerne mit den Füßen in den Teich gestiegen und hatte ihre Bergmolche gezählt. Hildegard sah an ihren alten knöchernen Beinen hinab und seufzte. Das Geräusch der Türglocke ließ sie in ihrer Betrachtung innehalten und sie erhob sich aus ihrem Liegestuhl, nicht ohne dem Apfelbaum, den noch ihr Vater gepflanzt hatte, zuzunicken.

«Guten Tag Frau von Kamm. Erdmann. Langes Leben Versicherung, München.» Herr Erdmann deutete eine Verbeugung an. Stahlblaue Willenskraft funkelte Hildegard durchs Kassengestell entgegen.

«Gehen Sie gleich durch.» Hildegard wies ihrem Besucher den Weg. «Ich habe uns auf der Terrasse gedeckt. Wollen Sie Tee oder Kaffee?»

«Einen Kaffee, wenn es keine Umstände macht.»

«Ich bitte Sie.» Hildegard verschwand in der Küche und bemerkte durch die offenstehende Tür, dass Erdmann durch ihr blitzblank geputztes Wohnzimmer Richtung Freisitz steuerte. Bei den Fotografien blieb er stehen. Es waren ältere Aufnahmen mit Gelbstich, die sie als Kind im Garten zeigten. Erdmann nahm eines der Fotos hoch und betrachtete es genauer. Hildegard nahm an, dass es sich um Erwins letztes Foto handelte. Erwins siebzigster Geburtstag. Schlank und agil auf der Terrasse mit seinem Kuchen, auf dem die Jahreszahl deutlich zu lesen war.

«Komme gleich», rief Hildegard aus der Küche und hoffte, Erdmann damit von seinem Schnüffeln abzubringen. Freundlicherweise stellte er das Foto zurück und begab sich wirklich auf die Terrasse und ließ sich auf einem Gartenstuhl nieder.

Hildegard balancierte ein Tablett mit Apfelkuchen, Sahne und Kaffee nach draußen und freute sich, als Erdmann sogleich wieder aus seinem Stuhl sprang, um ihr dabei behilflich zu sein. Sie mochte gut erzogene junge Männer.

Ohne auf seinen Protest einzugehen, schaufelte sie ihm sogleich ein großzügiges Stück Kuchen auf den Teller und kredenzte es mit einer wohlmeinenden Portion Sahne. «Greifen Sie zu, Herr Erdmann, und lassen Sie es sich schmecken! Meine eigenen Äpfel, ungespritzt.» Sie nahm sich selbst ein Stückchen und sah, wie Erdmann die Gabel, die er gerade noch zum

Mund geführt hatte, sinken ließ. «Von besagte Apfelbaum?»

«Ja, genau.» Hildegard ließ sich nicht aus der Ruhe bringen. «Schließlich können die Äpfel nichts dafür, oder was meinen Sie?»

«Natürlich nicht», nuschelte Erdmann, dessen vollgefüllte Gabel doch noch den Mund gefunden hatte. «Köstlich.» Er verzog die Stirn nachdenklich.

Hildegard strahlte. «Das freut mich! Seit Erwin gestorben ist, habe ich kaum noch Grund, einen Kuchen zu backen. Mein Sohn hat selten Zeit, seitdem er zur Kriminalpolizei gegangen ist.»

Erdmann nickte und setzte sich in Position. Hildegard war klar, dass er jetzt gleich die gesammelten Fragen an sie losschießen würde, die er sich bereitgelegt hatte. Um ihn noch ein wenig aus dem Konzept zu bringen, ließ sie ihn erst gar nicht zu Wort kommen.

«Sie müssen hinterher unbedingt ein Stück mitnehmen. Was sage ich – zwei Stücke mitnehmen. Für sich und Ihre Frau. Sie sind doch verheiratet?» Hildegard blickte auf seine linke Hand, mit der er unbeholfen die zierliche Porzellantasse zum Mund führte.

«Nein, ich hatte bisher nicht das Glück. Wie lange waren Sie und Ihr Mann verheiratet?»

«Fast dreißig Jahre.»

«Beneidenswert», murmelte Erdmann. «Dann war die Ehe sicherlich glücklich.»

«Sie sollten es unbedingt selbst ausprobieren. So ein gutaussehender junger Mann wie Sie!»

Erdmann rutschte unbehaglich auf seinem Sitz. «Schön haben Sie es hier», lenkte er vom Thema ab.

«Ja.» Hildegard kuschelte sich in das Polster ihres Stuhls. «Jetzt wieder.»

Erdmann zog die linke Augenbraue fragend hoch. Doch da Hildegard keine Lust hatte, auf diese nonverbale Frage zu antworten, versuchte er es anders. «Ein kleines Paradies.»

Hildegard beobachtete, wie er seinen Blick über ihre gestutzten Buchsbäume, ihre Blumenrabatten und ihren Springbrunnen gleiten ließ, und freute sich, dass sie sich nicht mehr zu schämen brauchte. Sie hatte alles in Blau und Weiß gehalten, einzig der orangenfarbene Fleck des Apfelbaums störte die ausgewogene Farbharmonie. Auch Erdmanns Blick war der orange Tupfer nicht entgangen, da er in die Richtung zeigte.

«War das der Ast?» Erdmann räusperte sich. «Der Ast, der Ihrem Mann zum Verhängnis wurde?»

«Ja, genau. Der arme Erwin! Jeden Morgen hat er seine Klimmzüge an ihm gemacht. Natursport nannte er es.» Hildegard seufzte und wartete auf die nächstliegende Frage, die nicht kam. Sie betrachtete einen Augenblick das Konterfei ihres Gegenübers, bevor sie weiterfuhr. «Wenn hier nicht so eine Wildnis geherrscht hätte, würde Erwin vielleicht noch leben.»

«Wie?» Erdmann lehnte sich in seinem Stuhl vor und schob den Teller, den er zwischenzeitlich geleert hatte, zur Seite.

Hildegard konnte den Jagdinstinkt, der sich in ihm breitmachte, fast greifen. Es geht ihm um seine Prämie, entschuldigte sie ihr Gegenüber und verzieh ihm großzügig.

«Ich habe es gar nicht so schnell bemerkt, müssen Sie wissen.» Hildegard trank einen Schluck Kaffee und genoss es, ihr Gegenüber zappeln zu lassen. «Der Erwin ist zu seinem Natursport gegangen, wie jeden Morgen. Ich war in der Küche und habe unser Frühstück vorbereitet. Irgendwann habe ich mich gewundert, wo er blieb. Ich bin ans Wohnzimmerfenster, um nachzusehen. Ich habe noch gedacht, dass er sich vielleicht mit einem unserer Nachbarn unterhielt. Das ist des Öfteren vorgekommen, weil die sich immer über die Äste aufgeregt haben, die über den Zaun gewachsen sind. Jedenfalls habe ich ihn nicht gesehen und habe den Frühstückstisch gedeckt.» Hildegard, die es nicht mehr gewohnt war, so viel auf einmal zu sprechen, rang nach Luft. «Natürlich konnte ich ihn nicht sehen, weil er hinter all dem Gestrüpp verborgen war.» «Gestrüpp?» Erdmann machte sich zwischenzeitlich Notizen und sah von diesen auf, Richtung Apfelbaum. Sein Blick wanderte über den sorgsam gestutzten Rasen.

«Jahrelang habe ich Erwin bekniet, den Garten aufzuräumen. Ohne Erfolg. Einen Naturgarten hat er es genannt. Ein Heim für Insekten und Igel. Eine
Oase inmitten der Stadt.»

«Sie meinen, der Garten sah zum damaligen Zeitpunkt nicht so aus wie jetzt?»

Hildegard schnaubte. «Äste und Laub unter allen Büschen und Bäumen. Keine freie Fläche von hier bis zum Zaun. Die Wiese stand im Sommer immer hüfthoch. Hin und wieder hat er im Herbst die Sense geholt. Aber nur, wenn ich ihm damit gedroht habe, nicht mehr zu kochen.» Hildegard verzog das Gesicht. «Ich musste mich regelrecht zum Apfelbaum durchkämpfen, wenn Sie verstehen.»

«Und was wollten Sie am Apfelbaum?» Erdmann sah sie prüfend an.

«Den Vögeln ihr Futter bringen, was sonst. Kommen Sie, ich zeige es Ihnen.»

Es war Erdmann anzusehen, dass Vogelhäuser nicht unbedingt zu seinem Interessengebiet gehörten.

«Unterschlupf für Tiere», schimpfte Hildegard auf dem kurzen Weg zum Apfelbaum. «Ich habe es immer Faulheit genannt und tue es auch heute noch. Können Sie sich das vorstellen? Acht Mal mussten die Gärtner mitsamt ihrem Anhänger wiederkommen, bis sie alles aus dem Garten abtransportiert hatten. Acht Mal!»

«Dann nehme ich an, dass die Bäume ebenfalls nicht sachkundig überprüft wurden, oder getrimmt?» Herr Erdmann klopfte gegen den Stamm des Apfelbaums.

«Das Einzige, was hier getrimmt wurde, war mein Mann mit seinen lächerlichen Klimmzügen.» Hildegard rief sich zur Ruhe, als sie Erdmanns erschrockenes Gesicht auf ihren Ausruf sah.

«Von dem Engelchen», sie zeigte auf die Springbrunnenfigur, «sah man teilweise nur noch das Köpfchen. Die Blumenrabatten, die schon meine Mutter angelegt hatte, waren von Unkraut überwuchert. Ich bin selbst erstaunt, wie viele Fingerhut überlebt haben.»

«Kaum zu glauben.» Erdmann streckte seinen Arm nach oben und fuhr mit der Hand den orange versiegelten Baumstamm entlang.

«Ja, die Gärtner haben wirklich ganze Arbeit geleistet. Um noch einmal auf den Morgen zurückzukommen, an dem mein Erwin gestorben ist: Ich konnte doch nicht ahnen, dass er hinter all dem Gestrüpp mit dem Tod kämpft. Es wäre ein Blutgerinnsel im Kopf gewesen, hat mir der Arzt erklärt.

Vielleicht hätte man ihm noch helfen können.» Hildegard zeigte auf ein Vogelhaus, das auf einem niedrigen Ast angebracht war. «Das hat mein Vater mit mir gebastelt. Ich halte es hoch in Ehren und füttere meine Lieblinge jeden Tag.»

Erdmanns Blick streifte das Vogelhaus mit kaum so viel Interesse wie die orangenfarbene Stelle weiter oben am Baum. «War der Ast morsch? Es ist ein alter Baum.»

«Das weiß ich beim besten Willen nicht. Sicher, mein Vater hat den Baum gepflanzt. Aber ob der Ast morsch war, an dem Erwin jeden Tag geturnt hat, kann ich Ihnen nicht sagen. Der ganze Baum war mit Efeu bewachsen. Ich habe Erwin immer gesagt, dass der Efeu dem Baum noch die ganze Luft rauben wird, aber Erwin wollte davon nichts wissen.»

«War die Polizei da?»

«Wieso das denn? Es war ein Unfall.» Hildegard musste die Empörung, die in ihr aufstieg, nicht spielen.

«Hat denn niemand überprüft, warum der Ast abgebrochen und Ihrem Mann auf den Kopf gefallen ist? Die Gärtner vielleicht?»

Hildegard schüttelte den Kopf und lächelte Erdmann entschuldigend an. «Die Gärtner haben den Ast noch hier am Grundstück gehäckselt, wie eigentlich alles. Sonst hätten sie noch ein paar Mal mehr fahren müssen, nehme ich an. Sie haben die Stelle versiegelt und nichts gesagt.»

«Ja, dann.» Erdmann wandte sich Richtung Terrasse. Hildegard konnte seinem Gesicht ansehen, dass es ihm nicht passte, was er von ihr gehört hatte, aber es blieb ihm nichts anderes übrig, als ihr die Dokumente vorzulegen, die er vorbereitet aus seiner Aktentasche zog.

«Sie müssten mir bitte nur noch hier unterschreiben, dann dürfte der Auszahlung der Lebensversicherung Ihres Mannes nichts mehr im Weg stehen.»

Hildegard unterschrieb mit sicherer Hand und ließ es sich auch nicht nehmen, Erdmann noch bis vor die Haustür zu begleiten. Dort verabschiedete sie sich von ihm mit festem Händedruck.

Noch während Erdmann in sein Auto kletterte, zog sie ihr kleines Sägemesser aus der Kitteltasche, das sie immer mit sich führte, und exekutierte mit geübtem Handgriff einen Löwenzahn, der es gewagt hatte, sich zwischen den Bodenplatten anzusiedeln. Sie sah Erdmanns erstauntes Gesicht durch die Scheibe seines Wagens.

«Die Natur hilft sich selbst, hat Erwin immer gesagt», murmelte Hildegard und winkte Erdmann lächelnd hinterher. «Aber ich finde, manchmal kann man ein wenig nachhelfen.»

Eine begleitende Geschichte zur 5-teiligen Krimireihe um Hauptkommissar Konrad von Kamm – erschienen im Karina Verlag Wien 2015

Amnesie- Wichtel

Gehirnsauger (der): Gedanken-Ideenfresser.

Vorkommen: Häufig in der Nähe von kreativen, ideenreichen Menschen.

Seltener in Politik und Wirtschaft.

Verbergen sich in der Nähe von Betten und Schreibtischen, manchmal auch in Klassenzimmern. Verschlingen ganze Wissens- und Datenbanken.

Irgendjemand, ich weiß nicht mehr wer, hat mir empfohlen, meine Geschichte aufzuschreiben.

Ich bin Psychologiestudent im zweiten Semester. Die Vorlesung Degeneration des Gehirns und der Psyche bei Alterserkrankungen, brachte mich auf die Spur.

Es muss vor Monaten gewesen sein, als ich an meinem Schreibtisch saß, um eine Hausarbeit über das Thema der Alzheimer Krankheit zu schreiben, als sie mir das erste Mal bewusst auffielen. Gerade zückte ich meinen Kugelschreiber, um einen sensationell intelligenten Satz zu Papier bringen, da war er weg. Dieser Vorfall und die Tatsache, dass es, laut meinen Unterlagen, tausend belegte Fälle von Gedächtnisstörungen gab, brachten mich auf die nächstliegende Überlegung:

Wohin verschwanden sie, die geistreichen, individualistischen Ideen? Wo steckten sie, wenn sie aus dem Gedächtnis verschwunden blieben?

Physiker gehen davon aus, dass nichts, was auf diesem Erdball existent ist, verschwindet- Keine Energie verloren geht.

Wohin, also fragte ich mich, verschwinden diese energetischen Gedanken und Einfälle?

Um dieser Frage professionell nachzugehen, las ich eine Abhandlung der Kriminalistik. Ich entnahm dem Buch die entscheidende Frage: Wer profitiert? Ich notierte mir, bevor mir der Gedanke wieder abhandenkam: Wer hat ein Motiv? Ab jetzt, so nahm ich mir vor, würde ich die Augen offenhalten.

Jedes Mal, wenn ich nun im Supermarkt in ein Regal starrte und mich partout nicht daran erinnern konnte, was ich kaufen wollte, blickte ich mich sofort aufmerksam um. Befand sich da jemand oder etwas in der Nähe, der von meinen gedanklichen Notizen profitierte? Ich konnte niemanden und nichts entdecken und musste mir eingestehen, dass ich auf diese Weise nicht weiterkam. Ich musste professioneller an die Sache gehen.

Ich hoffte, dass eine allgemeine Befragung zu meiner These aufschlussreich wäre, und beschloss bei meinem Freundeskreis anzufangen. Beschämt stellte ich fest, dass ich die Hälfte vergessen hatte. Nur anhand meines Notizbuches konnte ich mich halbwegs an die andere Hälfte erinnern.

Meine erste Telefonumfrage bekräftigte meine Befürchtung, was meine These betraf: Über die Hälfte meiner Freunde hatten das gleiche Problem wie ich: Sie erinnerten sich nicht mehr an mich. Erst nach langen Erklärungen waren vereinzelte Aha-Rufe zu vernehmen.

Diese vorläufige Umfrage und meine Schlussfolgerung, dass ich nicht alleine unter den Symptomen litt, ließen meinen Forschergeist entflammen. Ich musste meine Befragung ausdehnen.

Ich rief im Bundestag, bei bekannten Schriftstellern und Künstlern an. Ich schrieb E-Mails und Briefe. Und bekam meine Bestätigung:

Ich erhielt auf keinen meiner Anrufe einen Rückruf. Alle hatten meine Anfrage vergessen.

Diese Feststellung raubte mir den Schlaf. Wie war es um unsere Gesellschaft bestellt, wenn sich die führenden Köpfe unserer Nation noch nicht einmal an einen Anruf oder ein Schreiben erinnern konnten?

Ich versuchte ein Experiment. Irgendetwas musste an dieser, um sich greifenden Amnesie schuld sein. Ich besorgte mir in eine Aura-Lampe und vertiefte mich augenscheinlich in einen Gedichtband. Dabei behielt ich mein Umfeld fest im Blick. Nichts. Ich änderte meine Taktik und lernte die Ballade vom Erlkönig auswendig. Ein Reinfall. Ohne zu stocken sprach ich die acht Strophen frei heraus.

Am nächsten Morgen versuchte ich es erneut. Ich kam nicht über die dritte Strophe hinaus und war entzückt. Also hatte sich jemand, oder etwas in der Nacht an meinen Gedanken zu schaffen gemacht.

Folgerichtig besorgte ich mir eine Kamera und installierte sie so, dass mein Bett genau im

Aufnahmebereich lag. Dann lernte ich den Zauberlehrling auswendig und ging frohen Mutes zu Bett. Enttäuscht stellte ich am nächsten Tag fest, dass ich ihn fehlerfrei innehatte. Ich besah mir die Aufnahmen der Nacht und konnte selbstverständlich nichts Besonderes erkennen.

Der König von Thule war das dritte Gedicht, das ich am übernächsten Morgen flüssig rezitieren konnte.

Es war zum Verzweifeln. Meine Kamera lief weiter, sie gab mir gute Bilder, aber keinen Erfolg.

(Der einzige Effekt der Kamera war, dass sich meine Freundin wütend verabschiedete, als sie die Installation entdeckte.)

Mein Resümee: Ich musste mir eingestehen, dass mir die letzten drei Wochen nichts gebracht hatten, außer einer Aura-Lampe und der Trennung von meiner Freundin.

Also verabschiedete ich mich von meinem Bild als Forscher und kehrte in den Alltag zurück. Ich besuchte Vorlesungen, widmete mich meiner Facharbeit und las eine Menge Fachbücher der Psychologie, von deren Inhalt nur die Hälfte in meinem Geist haften blieb. Dieser Begleiterscheinung widmete ich zunächst kein weiteres Augenmerk, da ich mich mit diesem Rätsel des Alltags abgefunden hatte. Doch es sollte anders kommen:

Eine der Telefonnummern, die ich durch Befragung aktiviert hatte, stellte sich als eine nette junge Frau heraus, die ich noch am gleichen Abend in meine Wohnung einlud. Als sie, zwei Stunden und etliche Gläser Wein später, die Kamera über meinem Bett entdeckte, reagierte sie völlig anders, als meine Ex-Freundin. Zwar ließ auch sie mich gar nicht erst zu Wort kommen, auch ihr konnte ich nicht erklären, wofür die Kamera eigentlich gedacht war, aber im Gegensatz zu meiner Ex-Freundin verließ sie nicht wutschnaubend den Raum, sondern zog mich heftig atmend ins Bett, wo sie ungeniert über mich herfiel. Ich kann nicht behaupten, dass mir das nicht gefallen hätte, auch wenn ich von ihrem Verhalten erstaunt war. Mit dem Gedanken, dass der eingelegte Film in meinem Besitz blieb, spielte ich, wie ich hoffte, ansehnlich mit.

Am nächsten Morgen erwachte ich mit einem gewaltigen Brummschädel. Zu meiner Schande muss ich gestehen, dass ich mich beim besten Willen nicht mehr an den Namen meiner Bettgefährtin erinnern konnte. Ich schämte mich meines Machowesens, überlegte mir, dass ich nur im Adressbuch nachzusehen brauchte und entschied mich zuletzt, mir den Film anzusehen, um meiner Erinnerung wieder auf die Sprünge zu helfen. Dieser, aufregenderen Variante gab ich dem Notizbuch den Vorzug und entnahm mit zittrigen Fingern den Film und legte ihn in den Videorekorder. Ich gestehe, dass mir der Name auch beim Betrachten unseres Liebesspiels nicht einfiel und mir die Titulierungen, die wir uns wären dessen gaben, auch nicht weiterhelfen.

Ich hatte mittlerweile fünf Zigaretten geraucht, die zwei Gestalten auf dem Fernsehbild, von denen ich nicht glauben wollte, dass ich eine davon war, waren eingeschlafen, als es passierte!

Gerade wollte ich die brisante Kassette stoppen und verschwinden lassen, als ich eine Bewegung auf meinem Kopfkissen wahrnahm: Ein Schatten huschte um meinen Kopf. (Ich sah genauer hin und stellte fest, dass ich doof aussah, wenn ich schlief. Ich hatte den Mund geöffnet und sabberte.)

Um auf den Schatten zurückzukommen: Dieser huschte um mich herum, legte sich über mein Gesicht und wanderte dann über das Gesicht meiner Gespielin. Ich ließ den Film ein paar Mal zurücklaufen und konnte doch nichts anderes feststellen.

Jetzt ließ ich alle Ausreden fallen und schnappte mir mein Adressbuch. Zu meiner Forscherfreude musste ich feststellen, dass der Schatten ganze Arbeit geleistet hatte: Sie wollte sich beim besten Willen nicht an mich, oder unser Stelldichein erinnern und beschimpfte mich zuletzt, als ich sie an die Kamera erinnerte. Sie drohte sogar mit der Polizei.

Jetzt musste ich dranbleiben! Ich stand kurz vor dem Durchbruch. Ich ließ mein Psychologiestudium schleifen und widmete mich ausschließlich dem Studium der Schatten.

Ich versuchte, viel zu schlafen und da mir das, selbst als Student nicht dauernd möglich war, nahm ich Mengen von Alkohol zu mir und wie ich zugebe, später auch Drogen.

Und es funktionierte! Ich vergaß bald auf alles und jeden. Ich schlief und ließ die Aura-Lampe brennen. Die Videokamera machte Aufzeichnungen um Aufzeichnungen. Bald kamen die Schatten auch, wenn ich wachte.

Zu meiner Enttäuschung konnte man auch in Slow-Motion und Vergrößerung nicht mehr als Schemen erkennen. Diesen Rückschlag ließ ich nicht auf mir sitzen. Ich forschte weiter. Wovon, so wollte ich in Erfahrung bringen, ernährten sich die Besucher, wenn ich nichts lernte und an nichts dachte?

Ich lernte nicht mehr, und versuchte an nichts mehr zu denken. Zweiteres schien unmöglich.

Gerade in dem Moment, da ich mir vornahm an nichts zu denken, wurde mein Gehirn von Gedanken geflutet. Ich schrieb ein paar wenige auf, um meine wissenschaftliche Überprüfung zu manifestieren.

Das Resultat: Alles, was ich aufschrieb, blieb. Was ich dachte- und ich dachte zu dieser Zeit viel, verschwand mit den Besuchern.

Ans Telefon ging ich schon lange nicht mehr, ich konnte mir die Belange der Anrufer nicht merken. Meine Wohnung verließ ich nur noch im Notfall. Ich saß im Aura-Licht, rauchte Gras und dachte.

Meine Eltern schienen sich auch etwas zu denken, da sie mir Briefe schickten. Fast hätte ihre Mitteilung, meinen monatlichen Scheck zu streichen, mein Langzeitgedächtnis erreicht. Allerdings hatten sie das Pech, dass ich glücklicherweise Gastwirt unzähliger Schatten geworden war. Mir ging ihre Mitteilung einfach durch die Lappen. Verständlicherweise konnte ich das meinen Eltern nicht mehr rechtzeitig klarmachen, da sich ein völlig neues, erhebendes Phänomen einstellte:

Sie zeigten sich. Mir war wie einem Biologen, der anhand eines Fotos nachweisen kann, dass es eine, bis dato unbekannte, Form von Nasenbären gibt.

Blöderweise muss ich gestehen, dass gerade an diesem Glückstag mein Strom abgestellt wurde. So war ich nicht in der Lage, diese possierlichen Kerlchen aufzunehmen und für meine Nachwelt aufzuzeichnen.

Es blieb mir also nichts anderes übrig, als sie, so genau wie möglich, zu beschreiben. Ich hoffe, dass ich mich an alle Gegebenheiten erinnere, da sie mir, während ich sie zu sehen bekam, bereits meine Erinnerungen abzuzapfen begannen. Ich schrieb wie ein Besessener gegen ihr Saugen an und lege diese Notizen dem Schreiben bei.

Wichtel, Vampire, wichtelgleiche Vampire, Rüssel. Zähne. Schnell, rasend schnell. Kleidung:

Schwarzes Leder, Motorradgang, verzerrte Fratzen. Vor Entzücken und Ekel verzerrt. Halt!

Andere - Kittelträger. Brillen. Ich kann sie sehen! Erinnere dich, erinnere dich! Au. Mädchen in langen Kleidern. Was um Gottes ….

Es ist leider nur eine kurze Aufzeichnung und ich kann mich beim besten Willen nicht daran erinnern, was ich mit meinem letzten Ausruf meinte, oder was dann geschah.

Meine Eltern fanden mich ohnmächtig zwischen unzähligen Aufzeichnungen, die, wie sie meinten, keinen Sinn ergäben. Man händigt sie mir aus, ich kann leider nichts damit anfangen. Ich erinnere mich nicht, sie geschrieben zu haben.

Ich habe begonnen zu zeichnen. Mein Arzt ist darüber sehr glücklich.

Manchmal tauchen Fetzen des Erlkönigs auf, welche, die ich schon längst vergessen glaubte.

Ich verweigere jegliche geistige Nahrung, um mir diese Wesen vom Leib zu halten. Alles, was ich mir merken muss, schreib ich auf und vergesse es sofort. Wenn mein Gehirn leer bleibt, lassen sie mich in Ruhe. Ich habe beschlossen, dass diese der einzige Weg ist, der mir erträglich scheint.

In den Therapiestunden höre ich nicht zu. Besuch, auch von meinen Eltern, lehne ich prinzipiell ab. Fernsehen, Bücher oder sonstige Medien habe ich aus meinem Zimmer verbannt. Das einzige, was ich immer noch nicht verbannen kann und warum ich immer noch in den Fängen dieser

Biester hänge, sind meine Kindheitserinnerungen. Aber die werden sie auch bald haben.

Der Professor nennt es anterograde Gedächtnisstörung auf Grund von übermäßigem Drogen- und Alkoholkonsum.

Ich weiß es besser: Sie sind daran schuld – Sie die Gehirnsauger, von mir liebevoll Amnesie-Wichtel genannt.

Erschienen im Arbeitsbericht des Bundesamts für magische Wesen: Migration, Heimat und Herkunft – Eine Benefiz-Anthologie zugunsten Pro-Asyl 2016.

Die Beichte

«Vater, ich habe gesündigt, meine letzte Beichte ist...» Huber stockte und schaute auf seine schwieligen Hände herab, als ob er die Jahre an den Fingern abzählen wollte. «Fünfundzwanzig, ach was sage ich, mindestens dreißig Jahre her.»

Aus dem gegenüberliegenden Teil des Beichtstuhls kam ein leises Rascheln.

Als Aufmunterung weiter zu sprechen genügte es ihm. «Vater, ich weiß gar nicht, wie es geschehen konnte, es kam einfach über mich.» Huber lauschte. Es war sehr still im Beichtstuhl. Nur sein heftiger Atmen war zu hören, als hätte er den Weg zur Kirche im Dauerlauf vollbracht. Da ihm die Stille unangenehm wurde, begann er mit gedämpfter Stimme zu erzählen. «Schön war sie, immer freundlich. Sogar zu einem wie mir.» Er seufzte. «Ich sehe doch die Blicke der anderen Weiber. Wie Dreck, genau wie Dreck sehen die mich an. Ein Bier ausgeben, ja das darf ich, aber bitte von der anderen Seite der Bar. Nur kein Wort an den Deppen richten. Dazu sind die Damen sich zu fein.» Huber richtete sich auf, und versuchte einen Blick durch den aus Korb geflochtenen Sichtschutz zu werfen. Außer einem dunklen Schatten sah er nichts. Es schien, als ob sein Gegenüber schlafen würde. Der andere hatte den Kopf gesenkt und gab keinen Laut von sich.

«Ja, äh,» er räusperte sich. «Sie war anderes.

Sie trank das Bier mit mir, unterhielt sich mit mir.» Er scharrte mit den Füßen und holte tief Luft. «Ich hab sie umgebracht.»

«Was?»

«Ich habe die blöde Schlampe umgebracht. Erst macht sie mir schöne Augen, heuchelt einem etwas von Verständnis vor, als ob diese Weiber überhaupt wüssten, was einer wie ich für Probleme hat. Säuft ein Bier nach dem anderen, natürlich auf meine Rechnung. Prosecco hat sie auch noch getrunken, nicht nur ein Glas. Ich weiß nicht, wie ich die Miete für den letzten Monat zahlen soll und die säuft Prosecco!»

«Aber!»

«Nichts aber! Ich habe ihr von meiner Frau erzählt, die ist damals abgehauen mit einem anderen. Mit so einem Schnösel aus der Bank. Die Kinder hat sie gleich mitgenommen. Bei Gericht hieß es, solange ich die Auflagen erfüllte, darf ich sie sehen.» Huber merkte, wie er Sodbrennen bekam, unterdrückte einen Rülpser. «Da lacht die kleine Schlampe nur und meint, ich wäre wohl so was wie ein Knacki, wegen der Auflagen und so ... Ich und Knacki! Ich habe mir in meinem beschissenen Leben noch nie etwas zu Schulden kommen lassen. Noch nie!»

«Hören Sie auf! Sie sind falsch!»

«Ich bin falsch? Vater, Sie denken, dass ich mich täusche? Ganz bestimmt nicht! Keine Strafzettel, nichts. Und da kommt dieses Weib daher und denkt, ich bin ein EX-Knacki. Nachdem sie dann kaum noch stehen konnte, wollte sie heim. Alleine natürlich. So sind sie ja alle. Erst machen sie einen an und dann wollen sie plötzlich alleine nach Hause.» Huber stieß den Atem aus.

«Sie sind ja jetzt noch betrunken. Bestimmt wissen Sie nicht, was sie da reden, Mann.»

«Und ob ich das weiß. Ich sag zu dem Wirt, die Rechnung der Kleinen übernehme ich. Da lacht der nur. Lacht. Ich hab immer bezahlt. Das lasse ich nicht auf mir sitzen. Hab mir noch ein Bier bestellt. Eins für den Weg. Die Kleine kommt an mir vorbeigetorkelt und drückt mir ein Küsschen auf die Backe. Als ob ich ihr Onkel wäre, oder ihr beschissener Opa. Danke, und mach Dir nichts draus, säuselt sie. Dann ist sie aus der Tür gestolpert.»

«Hören Sie auf, hören Sie um Gottes willen auf!»

«Wieso sollte ich aufhören? Bin ich jetzt in einem verfluchten Beichtstuhl, oder nicht? Ich hab also mein Bier runtergekippt. Mach dir nichts draus!» Huber äffte den Tonfall der Frau nach. «Woraus soll ich mir nichts machen? Dass ich ein beschissenes Leben habe, dass ich die Rechnungen nicht zahlen kann, dass ich nicht weiß, wie meine Kinder aussehen, oder dass so eine blöde Schlampe wie die, nie freiwillig die Beine für mich breitmachen wird?» Huber schlug gegen das Holz des Beichtstuhls und versuchte sich zu beruhigen, als er sah, wie sein Gegenüber zusammenzuckte. Gefasster fuhr er fort: «Das wollte ich die Schlampe nur noch fragen. Was glauben Sie, was sie geantwortet hat? Was glauben Sie, was in dem Hirn von so einer abgeht?»

«Ich glaube …»

«Ja Vater, Sie glauben. Aber ich glaube nicht, ich wollte es wissen. Ich bin also raus aus dem Laden, ich weiß ungefähr die Richtung, wo sie wohnt. Da sehe ich sie, wie sie in eine Einfahrt einbiegt.»

«Um Gottes willen!»

«Das hat sie auch gesagt. Schlagartig nüchtern war sie. Hat gleich angefangen zu plärren, das blöde Vieh. Ich hab ihr den Mund zugehalten. Die Tür stand schon auf, da sind wir rein.

Ich wollte ja nur wissen, was sie sich gedacht hat. Was diese Weiber überhaupt denken, wenn sie ihr Maul aufmachen. Oder ob sie ihr Hirn zwischen den Beinen haben. Wollte ich nur mal nachsehen.»

«Oh Gott, oh Gott!»

«Warten Sie, es wird noch besser. Was glauben Sie, was sie gesagt hat? Sie hätte es doch so gar nicht gemeint. Nicht so gemeint! Warum sagt sie es dann? Ich frage Sie: Warum sagt Sie es dann?»

«Ich, ich weiß nicht …»

«Was machen Sie denn, Vater?»

«Nichts, ich … Mein Rosenkranz …»

«Der habe ich mal gezeigt, was ich so gemeint habe.»

«Und jetzt?»

«Wie und jetzt? Jetzt ist das blöde Weib tot. Vielleicht habe ich das auch nicht so gemeint.»

«Wollen Sie sich der Polizei stellen?»

«Dann würde ich wohl kaum in so einem beschissenen Kasten sitzen und Ihnen die ganze Scheiße erzählen, wenn ich es den Bullen erzählen wollte.»

«Und was erwarten Sie jetzt von mir? Drei Vater Unser und alles ist wieder in Ordnung, oder wie? Drei Ave-Maria und alles ist wieder in Butter? Sie gehen hier raus und sind sündenfrei?»

«So ähnlich. So ist das doch bei den Katholiken.»

«Ich glaube, da haben Sie was falsch verstanden.»

«Das hat die blöde Kuh gestern auch gewinselt. Ich hätte was falsch verstanden. Man könne ja darüber reden. Und was bringt das? Das Reden? Nichts.»

«Sie sollten trotzdem mit jemanden darüber sprechen.»

«Das tue ich doch gerade.»

«Mit jemanden, der Ihnen helfen kann.»

«Mit uns zum Beispiel.»

Der Vorhang wurde zur Seite gezogen. Im Gegenlicht der Kirche standen zwei uniformierte Polizisten. Sie hatten die Pistolen auf Huber gerichtet. «Sie waren wohl schon lange nicht mehr beichten», sagte der eine Uniformierte. «Sie haben sich auf den Platz des Pfarrers gesetzt.»

Zwei alte Herrn

Hoch im Norden, tief im Gebirge lebten zwei alten Löwen, die sich alle zwei Wochen gegenseitig zum Abendmahl einluden.

Man gehörte schon zu der Generation, der es schwerfiel aufzustehen und die Knochen knackten vernehmlich, wenn man sich streckte.

Eines Tages kam der eine betagte Löwe früher bei seinem Gastgeber an, als nötig und beobachtete, wie sich dieser in einen Hinterhalt legte und wartete, bis eine Gazelle in ein kleines Tal lief, aus dem es keinen Ausweg gab. Der alte Jäger erhob sich mühsam und machte der Gazelle den Garaus.

Der stille Beobachter schüttelte seine gewaltige Mähne und leistete seinem Freund, wie abgesprochen Gesellschaft bei der frischen Mahlzeit.

«Findest du es nicht blamabel, auf welche Art und Weise du unser Mahl erlegt hast?», wollte er von seinem Freund wissen. «Ich bin so alt wie du und doch…» Er ließ den Satz unvollendet, doch schnaubte er vernehmlich.

Sein gutmütiger Freund ließ sich auf die Seite plumpsen, nachdem er sein Fell gesäubert hatte, und sah ihn aus unergründlich grünen Augen an. «So?», fragte er und schloss die Augen.

Als zwei Wochen vergangen waren, besuchte der gemächliche Löwe seinen Freund. Auch er kam diesmal ein wenig früher als abgemacht, und freute sich auf das Mahl für das er nicht jagen und töten musste.

Als er über eine Hügelkuppe kam, sah er seinen Freund in eine Herde mit Gazellen springen. Die Tiere stoben auseinander. Der Löwe bremste abrupt und fixierte die fliehenden Tiere. Doch seine Augen waren nicht mehr so gut und so wählte er fälschlicherweise eines der Schnellsten und Stärksten. Anstatt dieses Tier als Opfer zu verwerfen, blieb er hartnäckig an ihm. Sein Altersstarrsinn, gepaart mit seinem Blutrausch ließen ihn nicht denken. Doch seine Füße mochten bald nicht mehr und sein Herz schlug hart. Die Gazelle machte sich ein Spiel daraus. Sie hielt an, warf ihm ein paar freche Wörter an den Kopf, kehrte um und strich ganz nah an ihm vorbei. Die anderen Gazellen waren stehengeblieben und sahen dem Treiben zu.

Immer wieder nahm der alte Löwe Anlauf, bis ihm sein Herz stehenblieb und er tot umfiel.

«Tsts», dachte der gemächliche Löwe, der alles beobachtet hatte, kam aus seinem Hinterhalt und riss sich eine junge Gazelle zum Abendmahl.

Und die Moral von der Geschicht´: Es ist eine Torheit sich vor dem Altwerden schützen zu wollen, indem man an den Gewohnheiten der Jugend festhält.

Oder auch: Der, der auf halben Weg umkehrt, irrt nur um die Hälfte ….

Winter

Die Legende von Fall

... Und man munkelt immer noch!

«Jetzt hört halt mit dem Schmarrn auf!» Onkel Quirin winkte uns in Sen dunkeln muffigen Hausflur.

Sofort entspannten sich unsere, zu grausigen Fratzen verzogenen, Gesichter. Wir ließen die Arme sinken und folgten ihm.

«Neumodisches Zeug», murmelte er und humpelte zügig auf sein Künstleratelier zu. An den Wänden hingen Bilder, die mein Onkel gemalt hatte. Unheimliche Gemälde, die Wassermenschen, Nixen und Ungeheuer zeigten. Das vorherrschende Thema war immer ein Dorf. Betreten setzten wir auf die äußerste Kante des Sofas, auf das er gezeigt hatte. Ich fühlte mich in meinem Halloweenkostüm ziemlich albern.

Mit einem Grunzen ließ er sich uns gegenüber auf einen Stuhl fallen. Die einladende Bewegung zum Tisch sollte uns ermutigen, den Keksen und der Limonade zuzusprechen.

«Wie alt seid ihr?», raunzte er und fixierte jeden von uns. Da es mein Onkel ist, war ich nicht ganz so eingeschüchtert wie meine Freunde und übernahm die Vorstellung. «Flori und ich sind zwölf und Michi ist elf.»

«Alt genug.» Mit dieser Feststellung betrachtete er uns alle der Reihe nach. Meine Freunde sagten keinen Ton und knabberten befangen an den Keksen. Ich muss zugeben, mir war auch nicht wohl in meiner Haut. Ich hatte vorgeschlagen, meinem Onkel einen Halloween Streich zu spielen, jetzt bereute ich es.

Er spürte wohl unsere Beklommenheit, denn er lächelte uns an und lehnte sich auf dem Stuhl zurück. «Ihr wolltet doch schon immer wissen, warum ich mein Bein nachziehe und was ich da male.»

Ich sog die Luft ein. Seit ich mich erinnern kann, habe ich ihn mit diesen Fragen bombardiert. Er lächelte in meine Richtung.

«Es hängt beides zusammen. Ihr findet die Bilder gruselig? Das sind sie. Aber was ich euch jetzt erzähle, vorausgesetzt ihr wollt es hören, ist noch viel gruseliger.» Er sah uns fragend an.

«Ja, klar wollen wir das hören! Oder?» Ich beugte mich auf dem Sofa vor, um meine Freunde anzusehen. Ihre Gesichter erschienen mir im Kerzenlicht sehr bleich. Aber vielleicht lag das auch an der Beleuchtung, oder ihrer Schminke. (Michi hatte sich als Vampir verkleidet, Flori als Untoter.) Mir persönlich wurde heiß und ich bin mir sicher, dass meine Wangen rot glühten ... (Was nicht auffiel, da ich mich als Teufel kostümiert hatte.)

«Was ich euch jetzt anvertraue, muss unter uns bleiben. Versprecht ihr das?»

Ich hörte zustimmendes Gemurmel und da Onkel Quirin durchatmete, nehme ich an, dass wir alle zugestimmt haben.

«Als ich in eurem Alter war, ging ich mit meinen Freunden in die Berge, oder zum Baden und Angeln an die, im Umkreis verstreuten, Bäche.

Umso mehr freuten wir uns, als es hieß, es würde ein Wasserspeicher in unserer Nähe geplant. Dieser Stausee wurde im Nachbartal gebaut und man musste dafür ein bestehendes Dorf fluten. Die Menschen, die im damaligen Ort Fall wohnten, wurden entschädigt und zogen nach Neu-Fall, oberhalb des heutigen Sees. Alle, hieß es.»

Mein Onkel machte eine bedeutungsvolle Pause, trank einen Schluck Wein und fixierte mich mit dunklem Blick. Er stellte sein Glas auf den Tisch und setzte erneut an.

«Es war ein Gerücht im Umlauf, dass sich der alte Fallerer und ein paar andere geweigert hätten, umzusiedeln. Sie wären mit ihrer gesamten Habe in den Fluten ertrunken.»

«Wie denn das?», flüsterte Flori. Leichter Spott lag in seiner Stimme, auf den mein Onkel nicht einzugehen schien.

«Sie hatten sich an die Türstöcke ihrer Häuser gekettet, hießt es. Die Polizei und die Zuständigen stritten dieses Gerücht allerdings ab.» Quirin funkelte Flori an. «Doch in den Tälern ringsherum erzählte man weiterhin, dass die unglücklichen Seelen jedes Jahr jemanden zu sich holen würde, um den Fortbestand des Dorfes zu sichern.»

Jetzt erst verstand ich die Bilder, die hinter Onkel Quirin zu sehen waren. Es waren sich sehr ähnelnde Gemälde. Das immer gleiche Motiv: ein oberbayrisches Dorf, unheimlich und verwaschen, besiedelt von merkwürdig grausigen Kreaturen. Quirin drehte sich zu den Bildern, dann nickte er.

«Genauso habe ich es gesehen.»

«Echt?» Michi stand der Mund auf.

«Unsere Eltern verboten uns, im See zu schwimmen, und wir waren stinksauer. Ob sie an die Geschichten glauben würden, fragten wir sie. Das wiederum stritten sie ab. Sie behaupteten, es sei zu gefährlich, wenn man ans Wehr kämen, dass der See zu einsam läge und niemand da wäre, wenn etwas passierte. Eben solche Erklärungen, die Eltern gerne geben.»

Flori stöhnte und machte ein abwinkendes Zeichen.

«Wir fanden das Ganze immer verlockender. Da hat sich nicht viel geändert zwischen heute und damals. Alles, was verboten ist, lockt am meisten.» Quirin zwinkerte mir zu und ich wusste im Moment nicht, was er mir damit sagen wollte.

«Die alte Marie erzählte, dass nachts die Glocken vom alten Fall geläutet hätten und dann wäre wieder einer geholt worden. Es stimmte, wir hatten davon gehört. Der Bub vom Schmied war ertrunken und man hatte ihn nicht finden können. Taucher suchten den See ab, aber sie konnten ihn nicht finden. Geschichten wie diese wiederholten sich in meiner Jugend öfters. Als wir meinten, alt genug zu sein, wollten wir es wissen.»

Onkel Quirin zündete sich umständlich seine Pfeife an. Ich merkte, wie ich vor Spannung vibrierte. Ich hatte noch nie etwas gegen Pfeifenrauch gehabt, aber heute hätte ich meinem Onkel die Pfeife aus der Hand schlagen mögen. Wie konnte er in aller Ruhe seine Pfeife putzen, während wir vor Aufregung platzten? Keiner meiner Freunde knabberte noch an einem Keks. Ganz im Gegenteil. Michi knabberte an seinen Fingernägeln und Flori hatte noch größerer Augen, als es seine Schminke vorgab. Endlich war die Pfeife umständlich angezündet worden und Quirin beugte sich vor.

«Wir hatten unseren Eltern erzählt, dass wir zwei Nächte zelten gehen wollten, und zogen los. Es war August und die Nächte waren warm. Keiner erhob einen Einwand, denn damals gab es noch keine Kindesentführer oder andere Mistkerle. Wir zogen Richtung Berggipfel, so wie wir es

110

behauptet hatten, und kamen uns unglaublich schlau vor. Ich spüre jetzt noch das schlechte Gewissen, das mich überkam, als wir, kaum außer Sicht, abbogen. Natürlich war unser Ziel der Sylvenstein-Speichersee.» Quirin sog an seiner Pfeife und es blieb lange Zeit still. Ich wollte schon etwas sagen, als er wieder sprach.

«Als die Nacht hereinbrach, schlugen wir unser Zelt auf und tarnten es mit Zweigen, damit wir nicht zufällig von der Straße aus entdeckt wurden. Wir kamen uns dabei unglaublich raffiniert vor. Dann planschten wir ein wenig im seichten Wasser, zum Schwimmen, war es bereits zu kühl. Das bestätigten wir uns gegenseitig, dabei bin ich mir sicher, dass es Andi genauso unheimlich war, wie mir. Bevor wir uns zum Schlafen legten, aßen wir unsere mitgebrachten Wurstbrote und blickten auf den See. Er lag im Mondlicht sanft schimmernd und fast unbewegt vor uns. Auf einmal hörte ich Kirchenglocken. Ich war mir sicher, dass Andi sie auch vernommen hatte, denn er hörte auf zu Kauen.»

Onkel Quirin seufzte und sog an seiner Pfeife. Der Raum füllte sich mit würzigem Pfeifenrauch und vernebelte die Sicht auf ihn. Ich blickte zu meinen Freunden, die wie erstarrt schienen. Michi hatte sogar aufgehört, an seinen Nägeln zu knabbern.

«Ich muss dazu sagen, dass sich im näheren Umkreis keine Kirche befand, deren Klang wir hätten hören können. Damals nicht und heute auch nicht. Auf einmal zogen Nebelschleier auf, wie es manchmal nach einem heißen Tag üblich ist.» Quirin paffte weiter und bei uns im Atelier zogen ebenfalls Nebelschleier auf.

«Dann war mir, als hätte ich in der Seemitte eine Person ausgemacht, die zu uns herüberwinkte. Ich fragte Andi, ob er sie auch sehen könne. Er nickte nur und biss, wie es mir erschien, mit Nachdruck ins Brot. Auch wenn es euch komisch vorkommt, wir sagten nichts weiter dazu. Kein Wort fiel zwischen uns. Es blieb still bis auf das Plätschern, das der See am Ufer machte und die Grillen, die um uns zirpten. Ich schämte mich meiner Angst und fragte mich, ob uns unsere Einbildungskraft einen Streich gespielt hatte. Mit einem unguten Gefühl im Bauch zogen wir uns in unser Zelt zurück, dessen Reißverschluss wir wie selbstverständlich schlossen. Am nächsten Morgen im Sonnenlicht betrachtet, lachten wir über unsere Fantasie. Wir veräppelten uns regelrecht und scheuchten mit unserem Gelächter die Vögel auf, die um diese Uhrzeit nicht mit menschlichen Stimmen gerechnet hatten. Wir frühstückten in aller Ruhe und warteten, dass die Sonne wärmend wurde. Dann hielt uns nichts mehr. Wir liefen die paar Schritte zum See, machten ein Wettrennen daraus, wer als erstes im Wasser war und tauchten unter. Es war herrlich! Das kühle Nass umgab mich und ich schwamm in kräftigen Zügen hinter Andi her, der schon immer der bessere Läufer gewesen war und mir voraus kraulte. Wir waren schon fast auf der Mitte es Sees, ein leichter Wind kam auf, da geschah das Unfassbare: Andi drehte sich zu mir, rief etwas und ging mit erhobenen Armen unter. Für einen Augenblick dachte ich, dass er einen Scherz machte, dann wurde ich von unten gepackt. Noch immer meinte ich, dass es Andi wäre, der Schabernack mit mir trieb und wehrte mich zunächst halbherzig. Als er nicht lockerließ, strampelte ich und trat mit voller Wucht zu.

Andi war vielleicht der bessere Läufer, aber ich war immer der bessere Schwimmer gewesen und das rettete mir mein Leben. Mein erster Tritt war ins Leere gegangen und ich wurde noch immer nach unten gezogen, doch mein zweiter Tritt nach dem Etwas, was mich in die Tiefe zog, traf. Ein stechender Schmerz durchfuhr meinen Unterschenkel und aktivierte meine letzte Kraft, mich endgültig aus dem Griff zu befreien. Mehr recht als schlecht schwamm ich zurück zum Ufer. Ich schaffte es gerade noch, dann wurde es schwarz vor meinen Augen. Wanderer fanden mich ohnmächtig, halb im Wasser liegend.»

«Was? Wer? Wie?» Flori starrte meinen Onkel an.

«Die Unterschenkelknochen meines rechten Beines waren gebrochen und die Sehne gerissen. Ich hatte mir mein Bein anscheinend an der Kirchturmspitze aufgerissen.»

«Und dein Freund, Andi?» Ich musste mich räuspern, meine Stimme war nur ein Krächzen.

«Von meinem Freund fehlt bis heute jede Spur.» Onkel Quirin paffte an seiner Pfeife und blickte dem aufsteigenden Rauch düster nach.

Nachbarschaftshilfe

«Lichtscheues Gesindel.»

«Nicht so laut, die können uns doch hören.» Franz legte den Zeigefinger vor seinen Mund.

«Die? Die hören nichts. Die schlafen doch bis in die Puppen. Und selbst wenn, dann werden sie nicht reagieren.»

«Jetzt reg dich halt nicht so auf, ich helfe dir ja.» Franz schob einen großen Haufen vor sich her.

«Ja, du hilfst. Dabei solltest du für deine Prüfungen lernen, statt schneeräumen.»

«Ich versteh nur nicht, warum du die ganze Einfahrt geräumt haben musst. Ein schmaler Streifen würde doch reichen.» Franz schob den Haufen über die Einfassung in das Beet, das die zwanzig Meter lange Auffahrt säumte.

«Und wenn ein Notarztwagen zum Haus hinten muss, was dann?»

Franz schüttelte den Kopf und schob die zweite Spur. «Dann machen wir aber nach der Einfahrt und unserem Teil des Gehwegs Schluss.»

«Wie sieht das denn aus? Die eine Hälfte des Gehwegs geräumt, die andere nicht? Können doch die Passanten nichts dafür, dass der Herr Doktor nicht aus dem Bett findet.»

«Mama!» Franz zeigte auf das Schlafzimmerfenster des Nachbarn, dessen Rollläden fest verschlossen waren.

«Ist doch wahr. Seit Jahren räume ich jeden Winter alleine die gesamte Fläche. Der Herr Doktor ist sich zu fein dafür. Schläft den ganzen Tag.»

«Das weißt du doch gar nicht. Was ist das überhaupt für ein Doktor?» Franz betrat den Gehsteig und begann dort den Schnee in Richtung Fahrbahn zu schaufeln.

«Philosophie oder irgend so etwas. Schau doch hin. Den ganzen Tag ist die Jalousie unten. Erst gegen Abend zieht er sie hoch. Man könnte meinen, er glaubt, ich bin hier die Hausmeisterin.»

«Du gibst ihm kaum eine Chance etwas zu tun. Wann hast du heute Morgen geräumt?» Franz hatte die Wohnungstür wohl gehört, als sie ins Schloss fiel. Er hatte sich mit schlechtem Gewissen noch einmal umgedreht und lieber noch eine Stunde geschlafen.

«Um sechs. Es hat doch schon wieder die ganze Nacht geschneit. Bis sieben hat der Eigentümer, der Räum- und Streupflicht nachzukommen. Ist nun mal Gesetz. Ich habe es nicht erfunden.»

«Und wenn du es einfach einmal lässt? Wir sind versichert.» Franz grüßte die Nachbarin von Gegenüber, die mittlerweile auch zur Schneeschaufel gegriffen hatte.

«Ist es das, was ihr in eurem Studium lernt? Ist doch egal, wenn sich jemand etwas bricht, ich bin ja versichert? Dafür habe ich gespart?»

Franz wurde von seiner Mutter zur Seite geschoben, die im Gegensatz zu ihm den ordentlich aufgehäuften Schneeberg am Ende des Gehsteigs weiter auftürmte.

«Jetzt mach halt mal langsamer. Du regst dich wirklich zu sehr auf. Der Arzt hat gesagt, du sollst dich nicht überanstrengen. Du hast schon einen ganz roten Kopf.» Franz war es auch heiß geworden, was allerdings an dem Lächeln lag, das ihm die Nachbarin als Antwort auf seinen Gruß schenkte.

«Du brauchst nicht abzulenken. Was der
Arzt gesagt hat, ist mir egal. Bewegung in frischer

Luft ist gesund. Ich brauch kein Fitnessraum, wie unser Herr Doktor. Wenn der auch mal eine Schaufel, oder einen Besen in die Hand nähme, könnte er sich das sparen.»

Franz beobachtete seine Mutter, die mittlerweile fast rennend den Schnee von der Garageneinfahrt zum Zaun schob und auf dem Rückweg einen weiteren Streifen Richtung Hecke beförderte. «Deswegen brauchst du dich doch nicht so aufregen. Jetzt mach halt nicht so schnell!»

«Nachher kommt der Bus mit den Berufstätigen. Sollen die sich den Hals brechen, weil ich nicht geräumt habe? Du müsstest mal sehen, wie die teilweise von einem Schneehaufen zum anderen springen müssen. In ihren Büroschuhen. Bei uns gehen sie immer gern.»

Franz verfolgte die Bemühungen einer Dame, die in pelzverbrämten Winterstiefeln mit hohen Hacken auf der Straße zu balancierte. «Wenn sich die Leute in solchen Schuhen den Hals brechen, dann tragen sie eine Mitschuld. Das ist klar.»

«Was du so lernst, auf deiner Universität!

Mitschuld hätte höchstens unser Herr Nachbar.

Bei einer Doppelhaushälfte hat er das Geh- und Fahrrecht und damit auch eine gewisse Räum- und Streupflicht. So hat mir das die Anwältin erklärt.»

«Du warst beim Anwalt? Mama!»

«Mama, Mama. Was blökst du wie ein Schaf. Schau, dass du fertig wirst. Ja, ich habe mit dem Anwalt telefoniert. Vorhin, wo ich unseren lieben Nachbarn mal wieder durch die Einfahrt schlendern sah, ungerührt über den frisch gefallenen Schnee, da habe ich den Anwalt angerufen.»

«Und was willst du jetzt machen? Ihn verklagen? Wegen unterlassenem Schneeräumen?» Franz stellte sich das Gesicht seines Professors vor, wenn er ihm diesen Tatbestand vortrug und grinste.

«Unterlassener Hilfeleistung. Ja.»

«Also ich bin zwar erst im ersten Semester, aber ich glaube so etwas gibt es nicht.»

«Dann gibt es eben einen Präzedenzfall, oder wie das heißt. Mir ist schon ganz schlecht, wenn ich an diesen faulen Kerl denke.»

Franz hielt inne und blickte zu seiner Mutter «Du siehst wirklich nicht gut aus. Hör auf, ich räume das hier fertig.»

«Du musst aber noch die Garageneinfahrten fertigmachen.»

«Aber nur unseren Teil.»

«Nein, beide.»

«Warum? Soll er seinen doch selbst räumen.»

«Der Herr Doktor soll sich schämen, dass er es nie für uns macht.»

«Und wenn es ihm nicht peinlich ist? Wenn er es mittlerweile für selbstverständlich hält?»

«Ich räume die jetzt.»

«Lass es doch. Du … Was ist mit dir? Du bist ja kreidebleich! Mama? Mama!»

Franz sah, wie seine Mutter sich an die Brust fasste und in den Schneehaufen kippte. Er zog sein Handy aus der Tasche und wählte den Notruf.

Wenige Minuten später hielt der Krankenwagen mit Blaulicht vor dem Grundstück. Franz hatte seine Mutter aufgesetzt und sie mit seiner Jacke vor dem Schneefall geschützt. Er blickte auf, als sich die Wagentür öffnete und ein Mann auf sie zu gerannt kam.

«Sie?»

«Verdacht auf Herzinfarkt? Beim Schneeräumen nehme ich an.»

«Ja.» Franz wich zur Seite, als sich ihr Nachbar über seine Mutter beugte.

«Als Notarzt mit Nachtschicht kann ich bei Ihrer Mutter nicht mithalten. Morgens, wenn ich heimkomme, hat sie bereits geräumt. Mittags bevor ich aufstehe, sowieso. Abends und nachts habe ich Dienst.»

Weihnachten

«**D**u hast mir doch jedes Weihnachtsfest versaut.» Martina steckte die Hände tiefer in ihre Taschen. «Mit deiner Weihnachtsdepression. Jedes Jahr. Seit 27 Jahren. Ich meine, ich kann ja verstehen, dass jemand keine Lust hat, Weihnachten zu feiern, das Fest der Liebe, wenn keiner mehr da ist, der einen liebt. Aber ich war da. Und ich war noch ein Kind!»

Umständlich zog sie den Korken aus der Rotweinflasche. «Prost.» Sie hob ihr Glas.

«Aber das ist doch kein Grund, sich jedes Mal ab dem 20. Dezember volllaufen zu lassen. Mich traditionell bis nach Neujahr blöd anzulallen.» Sie schnaubte vernehmlich. «Erst hast du Pläne, was wir kochen sollen, ich kaufe ein, auch Geschenke für dich und dann ignorierst du alles. Hast du die Geschenke der letzten Jahre überhaupt mitbekommen?»

Schweigen. Nur das leise Knacken von Holz.

Martina seufzte und trank einen Schluck Rotwein. Er wärmte sie ein wenig. In dieser freudlosen, grauen Atmosphäre direkt ein Trost. Sie blickte um sich. Ein paar Kerzen erhellten den Raum, ein paar Tannenzweige wiesen auf das Fest hin.

«Das Weihnachtsmenü vom letzten Jahr habe ich gesammelt in die Tonne schmeißen können. Du wolltest nur Alkohol. Ich bin mir selten blöd vorgekommen, als ich mit meinen Geschenken bei dir aufgekreuzt bin. Wie ein Vollidiot. Keine neue Flasche? Uninteressant», äffte sie den Ton ihrer Mutter nach.

Martina streckte ihren Rücken durch. Die Bank, auf der sie saß, war hart.

Sie spürte die Kälte durch den Stoff ihrer Hose. Und sie fühlte den spöttischen Blick ihrer Mutter.

Weihnachten!

Sie lehnte sich zurück und ließ alle Feste, die ihr in Erinnerung waren, Revue passieren.

Als sie noch klein war, standen ihre Mutter, ihr Vater und ihre Geschwister am Baum und sangen. Falsch, aber schön. Dann war der Vater gegangen. Neue Frau und zwei Bescherungen für die Kinder. Einmal daheim, einmal beim Papa. Das fand sie zunächst noch toll. Bis sie merkte, dass die junge, affige Frau mehr Geschenke bekam, als alle Kinder zusammen. Vater eine Rolle spielte. Die des großzügigen, jung gebliebenen Sugar-Daddys.

Die Geschwister gingen aus dem Haus, studierten hatten ihr eigenes Leben. Zurück blieben sie und ihre Mutter.

Ihre Mutter, die sich traditionell einen einschenkte. Mit dem letzten Weihnachtsbaum, den Martina sich gewünscht hatte, war sie umgefallen. So blau war sie. Danach gab es keinen Baum mehr. Martina hatte keine Lust gehabt den Baum alleine zu schmücken. Zu schmerzlich waren die Erinnerungen, wie sie ihre älteren Geschwister aufgezogen hatten, weil sie eine Kugel verkehrt aufgehängt hatte.

Martina lächelte und trank einen weiteren Schluck.

Sie war die Kleine gewesen und von ihren großen Geschwistern vielleicht hin und wieder geärgert worden, doch man hatte sie geliebt.

Weihnachten war für sie immer rätselhaft und spannend gewesen. Während die Eltern das Weihnachtszimmer verschlossen, spielten die Geschwister *Mensch ärgere dich nicht* mit ihr und ließen sie gewinnen. Ihr Bruder hatte Berge

Süßigkeiten aufs Zimmer geschmuggelt und ihnen allen war bereits schlecht, bevor die Bescherung begann. Ihre Schwester las vor und keiner fand es albern oder langweilig. Das war Weihnachten!

Martina lief eine Träne übers Gesicht. Ungeduldig wischte sie über ihre Augen und fuhr mit beiden Händen über ihr Haar. Sie blieb an der Haarspange, die ihr Max, ihr Sohn, letztes Weihnachten geschenkt hatte, hängen.

«Selbst als du einen Enkel hattest und sich das Haus wieder mit Kinderlachen füllen sollte, hast du es uns verdorben. Der Kleine ist nur noch auf Zehenspitzen geschlichen, um dich nicht zu stören.» Sie nahm einen Schluck. «Oder um nicht aufzufallen. Du hättest befohlen, mehr Alkohol aufzutreiben. Wie mir damals.» Ein Seufzen folgte ihren Worten. «Kannst du dir vorstellen, in welcher Zwickmühle er sich befand? Ich habe es Max verboten. Ich wollte nicht, dass er dich irgendwann einmal so hasst, wie ich es irgendwann getan habe. Aber er liebte dich. Wenigstens von Mitte Januar bis Mitte Dezember.»

Martina stand auf. Die Flasche war leer. Sie räumte ihr Feuerzeug in die Tasche und sah sich noch einmal um. Leicht schwankend wandte sie sich der Tür zu. Sie drehte sich um, die Türklinke in der Hand.

«Frohe Weihnachten, Mami.» Ihr Hals war wie zugeschnürt. Es war eher ein Flüstern. «Ich hab dich lieb.»

Die Tür der Aussegnungshalle fiel mit metallenen Klang hinter ihr zu. Draußen spielten die Weihnachtsbläser ihr Konzert. Sie wand sich ab. Heim. Weihnachten feiern.

Das letzte Weihnachten, dass ihr ihre Mutter versaut hatte.

Die wilde Jagd

Ansichten einer hanseatischen Hexe

Es gibt Zeiten, da bekommt man als Hexe Probleme. War schon Anfang des 15. Jahrhunderts so, und nun ist es bei mir so weit. Eigentlich reicht es, eine Frau zu sein, aber als Hexe hat man es doppelt so schwer. Gut, ich war unvorsichtig, habe anscheinend zu oft jemanden bedacht ... Kneipenotto zum Beispiel ...

Ein Hilferuf ans Bundesamt für magische Wesen und ich hielt die Fluchtmöglichkeit in den Händen: Eine bunt bebilderte Broschüre mit vollmundigen Versprechen.

Nichts vor an den Feiertagen? Keine Einladung zur Weihnachtsgans? Dann kommen Sie zu uns und erleben Sie, was Gemeinschaft heißt. Zwischen der Wintersonnwende am 21. Dezember und dem 2. Januar startet sie wieder - die wilde Jagd. Werden Sie Teil eines teuflischen Heers, das Angst und Schrecken verbreitet! Wollten Sie schon immer mal jemanden zu Tode erschrecken? Ihren Frust aus dem Alltag loswerden? Die Seele durch die Urschreitherapie zum Baumeln bringen? Dann sind Sie hier richtig. Zögern Sie keinen Augenblick! Melden Sie sich noch heute an und erleben Sie zusammen mit Sturmfegern, Feuerteufeln, Steinbeißern einen höllischen Ritt über die traumhafte Kulisse der Alpen! Sie sollten sich die Gelegenheit, den Boandlkramer persönlich kennenzulernen und unter seiner Führung unbelehrbare Wanderer oder Reisende zu Tode zu erschrecken, nicht entgehen lassen. Seien Sie live dabei, wenn es wieder heißt: Jolareidi. (Der Name leitet sich von

«Jolnir», dem alten Beinamen Odins ab, der vor seiner Pensionierung die wilden Ritte anführte.)

Nun, man darf auf der Flucht nicht wählerisch sein. Ich schrieb mich noch am gleichen Tag ins teuflische Heer ein und reiste pünktlich zur Wintersonnwende Richtung Süden. Nach Sonnenuntergang traf ich am vereinbarten Hochplateau ein und sah mich enttäuscht um. Was ich erblickte, war zwar grauenerregend, aber aus einem anderen Grund: Hinter mir drängelten und balgten sich Feuerteufel, die mir knapp ans Knie reichten. Sie schossen sich gegenseitig Feuerblitze auf den Buckel und benahmen sich wie ungezogene Schüler beim Ausflug zur Eisdiele. Ihr Lärm war ohrenbetäubend. Der Herr neben mir, angetan in langem Abendmantel, verzog keine Miene.

«Ich hatte mir das Ganze etwas gruseliger vorgestellt», versuchte ich, über den Lärm hinweg, ins Gespräch zu kommen. Die einzige Reaktion, die ich erhielt, war, wenn es mir galt, ein genervtes Ausschütteln des Mantels. Mein zuvor aufgesetzt freundliches Lächeln verwandelte sich in einen unterdrückten Lachanfall, als ich bemerkte, dass er unter dem Mantel eine kurze Lederhose trug.

Ich versuchte erneut, mit dem bajuwarischen Blutsauger ins Gespräch zu kommen. «Verzeihung, ich habe mich noch nicht vorgestellt: Ich bin Heike, gebürtige Hamburgerin und das erste Mal dabei.»

«Sei stad und reih di ein.» Ein unverschämter Kerl!

Ich befand, dass ihm eine dicke Warze auf seiner bleichen Wange gut zu Gesicht stand.

Bevor ich einen neuerlichen Versuch, mit dem warzengesichtigen Vampir ins Gespräch zu kommen, unternahm, wurde ich rüde unterbrochen. «Was macht denn di Hex da? Kimm sofort mit, du gherst zu di andren. Bleede Kuah.» Viel hatte ich nicht verstanden, nur so viel, dass ich dem Sprecher folgen sollte, und die blöde Kuh. Ich heftete mich dem Hünen, der aussah wie aus Gesteinsblock geschlagen, an die Fersen. Als er abrupt bremste und jemanden zurechtwies, machte ich meine erste schmerzvolle Erfahrung: Er war aus Stein. Aber nicht gefühllos, denn er drehte sich auf der Stelle um und funkelte mich an. «Kannst net aufpassen, blinde Henna!»

Ich befand, dass ihm ein wenig juckendes Moos zwischen den Pobacken und eine Silberdistel, gleich in den Furchen seiner Stirn, gut zu Gesicht stand.

Wir zogen am Heer vorbei. Ich erkannte die hässlichen Fratzen der berittenen Sturmfeger, die sich arrogant von Mähre zu Mähre unterhielten, und Moorige. So nennt man hierzulande die Moorleichen, entnahm ich der Broschüre, die ich umklammert hielt. Ich wendete mich schüttelnd ab und registrierte die Gefallenen: Burschen, meist noch recht jung, die sich ihre Gesichter an Felswänden aufgearbeitet hatten, denen die Gliedmaßen merkwürdig vom Leib abstanden.

«Unsere Flugschwalberln.»

Der Steinbeißer schien Humor zu haben, ich wagte einen Vorstoß. «Wohin geht die Reise?»

Zunächst erntete ich ein verächtliches Schnauben, dann murmelte er: «Die Roas, Roas, Koaner woas, außer der Dod.»

«Hä?» Ich würde mich nie an diesen merkwürdigen Berglerdialekt gewöhnen. In Hamburg sprach man auch Dialekt, aber hochdeutschen, dachte ich und kicherte.

«Hexen.» Der Steinkopf runzelte die Augenbrauen und maß mich von Kopf bis Fuß. Ich war froh, mich total hexenmäßig angezogen zu haben: Langer Flickenrock, Kräutersäckchen, Kopftuch, sogar einen Besen hatte ich dabei. «Ich meine, wann geht es los?»

Der Steinbeißer kam nicht zur Antwort, da es im nächsten Augenblick knallte. Ich sah nach vorne und hatte mindestens den Teufel persönlich erwartet, aber es war nur ein zerlumptes Kerlchen, das einschwebte. Der Felsbrocken verschwand erstaunlich behände zu seinesgleichen, ich sah seine Silberdistel aufblitzen und musste schon wieder kichern. Das ist schlimm mit uns Hexen und dieser Kicherei! Ist verräterisch. Und ansteckend. Ein vielstimmiges Kichern antwortete mir. Als ich mich umsah, erkannte ich meine Hexenschwestern. Na prima. Genau diese Schwestern waren daran schuld, dass ich auf der Flucht war. Nach einem verstohlenen Blick stellte ich fest, dass mich keine weiter beachtete. Sie hingen mit ihren Augen an dem schwebenden Lumpensack.

«Wer ist das?» Den hatte ich im Prospekt nicht gesehen.

«Der Boandlkramer.» Meine Nachbarin, bestückt mit einer Nase, dass ein Pelikan eifersüchtig werden konnte, klärte mich auf. Ich kramte in meinem norddeutschen Oberstübchen. Musste der Vetter von unserem Gevatter Tod sein. Bei den Berglern genoss er anscheinend hohes Ansehen. Jedenfalls war es auf einmal mucksmäuschenstill. Selbst bei den Feuerteufeln.

Dann dröhnte eine Stimme in meinem Kopf. «Bereitet euch vor auf die Transformation, bereitet euch vor...»

Ich fragte mich, warum man nicht zuerst anständig begrüßt wurde, und kramte hektisch zwischen Lippenstift, Handy, Haustürschlüssel in meinem Kräuterbeutel nach dem Tuch, das der Anmeldungsbestätigung beigelegt war. Dann warf ich mir, der Anleitung nach, das Feudel über den Kopf und wartete.

«Es kann warm werden. Nicht erschrecken», hörte ich den alten Lumpen ächzen.

Ich lugte unter dem Tuch hervor. Das konnte doch nicht wahr sein, wir waren doch nicht bei einer CT-Vorbereitung. Wir waren der Schrecken, wieso warnte er uns? Und dann wurde es warm. Nicht nur warm, es wurde heiß und dann ging es los. Einfach so, ohne Startschuss.

Ein Heulen fuhr durch die Menge, ein Kreischen. Ich merkte, dass ich eingestimmt hatte.

Das Gefühl in meinem Magen war wie beim Dauerlooping auf dem Alsterfest. Das Kreischen senkte sich zu einem Stöhnen. Man konnte nicht Stunden kreischen, unmöglich. Ich öffnete meine Augen, ich merkte jetzt erst, dass ich sie vor Angst zugekniffen hatte, und sah mich um. Alle waren weg. Ich sah an mir herunter, ich war auch weg. Da, wo meine Füße sein sollten, sah ich Bergrücken. Ein erneutes Kreischen entfuhr meiner Kehle. Meine Hexenschwestern antworteten vielstimmig. Ich war doch nicht alleine. Und ich flog nicht das erste Mal versuchte, ich mich zu beruhigen. Allerdings war es ein Unterschied, ob man gemütlich, die Beine von seinem Besen baumelnd, über die Leuchttürme hinwegsegelte, oder körperlos, wie ein heißer Furz, durch die Nachtluft preschte.

Erschwerend kam hinzu, dass unsere Reiseleitung alkoholisiert sein musste: Wir stiegen auf, wir rasten mit unglaublicher Geschwindigkeit Richtung Tal. Bei jedem Absturz, der knapp vor dem Boden abgefangen wurde, stöhnte und ächzte die ganze Truppe. Ich fragte mich, was das Auf und Ab eigentlich sollte, mir war bereits kotzschlecht, als ich einen Mann auf einem Feldweg ausmachte. Ganz nüchtern schien er nicht zu sein. Die Gruppe stieß zu ihm herunter, er versuchte wegzulaufen, ein vielstimmiges Stöhnen, dann hatten die Vorderen den Kerl ergriffen.

Die wilde Jagd, natürlich! War ich so naiv gewesen und hatte geglaubt, sie spielten nur? Es gäbe eine Art Seelenschutz? Ich versuchte zu erkennen, was sie mit ihm machten. Der Mann lag still auf der Almwiese. «Herzinfarkt», erklärte die Hexe neben mir und verfiel in irres Gekicher. Ob ich wollte oder nicht, ich musste mitkichern.

Wir erspähten eine Frau und hielten darauf zu, doch kaum erreichte unser Stöhnen ihr Ohr, warf sie sich flach zu Boden und rief die heilige Mutter Gottes an. So tief kamen wir nicht an sie heran, sie entwischte unserem Zug, der über sie hinwegfegte. Ein Heulen und Murren, als wir über die Betende hinweg fuhren.

Ich befand, dass ihr weiße Haare gut zu Gesicht standen.

Einer der Steinis hatte die Veränderung gemerkt und applaudierte. Sein Klatschen toste, einer Lawine gleich, die sich den Weg Richtung Tal suchte. Dann mussten wir wieder hoch, hoch in den Nachthimmel. Ich sah noch, wie die Alte wackelig aufstand und weiter hastete, dann waren wir über den Bergkamm verschwunden.

So langsam hatte ich mich an die Reisegeschwindigkeit gewöhnt, auch wenn mir das unsinnige zu Tal Stoßen immer noch einen Heuler aus der Brust zwang.

Ich befand, dass diesem Boandlkramer eine Brille gut zu Gesicht stand, als wir schon wieder hinunterstießen.

Ich hoffte, der Spuk dauerte nur bis Mitternacht. Ich spähte nach einer Kirchturmuhr. Wir sausten über ein malerisches Bergdorf hinweg. Der mit Holz eingedeckte Kirchturm duckte sich hinter einer Felswand. Es war erst halb zwölf. Mir hing die ganze Sache langsam zum Hals heraus. Rauf, runter, rechts, links. Mir war schlecht, ich fühlte mich durchgerüttelt und elend. Ein erneutes Heulen erschallte, ich sah mich suchend um und da erblicke ich ihn:

Die Hände hoch hinauf gestreckt, stand er da.

Ein, mir wohlbekannter, Bursche auf einer Anhöhe. Wir sausten hinab, ich jaulte, wie ich hoffte, besonders grässlich, damit er es sich vielleicht doch noch anders überlegte, aber ganz im Gegenteil: Kneipenotto fing sogar noch an zu plärren: «Hier bin ich, nehmen Sie mich mal bitte mit!» Seine Stimme klang rau, als ob er nicht das erste Mal die Nacht gerufen hätte.

«Wir sind doch kein Taxiunternehmen!» Meine Nachbarin fauchte und packte ihn.

«Vielen Dank!»

Eins musste ich Kneipenotto zugestehen, höflich war er. Der Trupp erstarrte für einen Augenblick in der Luft, dann packte die wilde Jagd die Wut und es ging noch stürmischer dahin: Knapp vorbei an Berggipfeln und Marterln, vorbei an

Bergkreuzen und durch Schluchten. Und Kneipenotto? Hielt die Augen offen und suchte nach mir.

Mir wurde endgültig kotzübel und ich glaubte, ich erlitt ein Schleudertrauma. Wenn der Bursche das überlebte, dann konnte er was von mir erleben, das schwor ich. Da spürte ich, wie ich links und rechts gegriffen wurde und mir jemand das Tuch vom Kopf zog. Ich war nicht mehr transformiert!

«Hui, da steckst du ja!» Kneipenotto lachte mir ins Gesicht. «Du bist ja ganz grün!»

Ich befand ... nur fiel mir vor lauter Grauen nichts ein, was ich befinden könnte. Kneipenotto wurde weitergeschoben, und ich hatte das Tuch wieder über dem Kopf, bevor mir ein Befinden einfiel.

Irgendwo erklang das Mitternachtsgeläut. Wir ließen Kneipenotto unsanft zu Boden fallen, und ich hoffte, dass er sich den Hals brach. Ich bekam nicht mit, dass wir landeten, bis mir jemand das Tuch vom Kopf zog.

«Brotzeit», rief einer.

Mein Magen hatte aufgehört zu rebellieren, stellte ich erstaunt fest, und auch, dass ich Hunger hatte. Nur meine Beine waren noch aus Gummi. Die Hexe neben mir griff mir unter die Arme.

«Das erste Mal?»

Ich nickte, und sie führte mich zu einer Feuerstelle, an der Hasen und Rehe an Spießen brieten. Irgendjemand drückte mir einen Liter Bier in die Hand.

«Trink amoi was, dann geht's da scho besser.» Ich starrte auf das Gefäß, so etwas nennt man bei uns Vase. Bodenvase! Ein Steinriese drückte mir ein Brötchen mit Fleisch in die Hand.

«Schweinswürschtl in da Semme, damits da deine Botschern net verbrennst.»

Semme? Ich war noch paralysiert. Das Brötchen meinte er, soufflierte mir mein norddeutsches Unterbewusstsein. Ich nickte dankend und setzte mich zu den anderen an den Tisch. Die Feuerteufel brachten flugs weitere Biere, die Steinriesen drehten gemächlich die Spieße über den funkenschlagenden Feuern, und der Rest amüsierte sich. Sogar die blassen Vampire bekamen nach der dritten Maß Farbe. Das Bier tat seine Wirkung: Nach und nach entknoteten sich meine Nerven. Eine seltsame Stimmung überkam mich: Das Adrenalin verließ meinen Körper, der Alkohol begrüßte die Organe. Ich sah zwei Boandlkramer, als er mich ansprach.

«Und? Wie geht's unserer Touristin?»

«Ich lebe noch.» Meine Stimme klang ziemlich piepsig.

Schallendes Gelächter an den Tischen. Ich hatte gar nicht gemerkt, wie still es geworden war.

«Host ja zwölf Nächte gebucht. Nur nicht schlappmachen.» Der Boandlkramer hakte was in seiner Liste ab und schob seine Brille wieder auf der Nase zurecht. Sein letzter Blick erschien mir vorwurfsvoll.

Ich wurde in meinem Pensionszimmer wach, so einer, auf pseudo-alpenländisch gemachten Kitsch-Kotz-Kiste. Wenn mir nicht schon schlecht gewesen wäre und mein Schädel gebrummt hätte, dann wäre es bei diesem Anblick soweit gewesen.

Ich kramte noch halbblind nach einer Kopfschmerztablette, bekam ein Tuch zu fassen und ließ mich stöhnend zurück in die Kitschkarierten fallen. Ich hielt es nicht eine Sekunde länger aus.

Der Wechsel von Hexengewandung zu Jeans ging erstaunlich unproblematisch, der Blick in den Spiegel war schon schwieriger. Es war hart das mir entgegenstarrende Wesen als mein Alter Ego zu identifizieren: Mein sonst so sorgsam gekämmtes, schwarzes Haar stand mir wirr um den Kopf. Meine Augen hatten den stumpfen Ausdruck, den ich gerne auf übermäßigen Alkoholgenuss geschoben hätte, wäre da nicht das irre Blitzen im Augenwinkel gewesen.

Zusammengefasst: Ich sah aus wie gerade einer Nervenheilanstalt entsprungen. Ich wandte mich zur Gaststube. Was ich jetzt brauchte, war ein starker Kaffee.

Unten nahm keiner von mir Notiz. Alle, auch die Gastwirtin hatten sich um einen Tisch geschart, an dem ein junger Mann saß und es sich scheinbar mit gutem Appetit schmecken ließ.

Mit noch vollem Munde verkündete er nämlich gerade: «Und die Hexe, die sah genauso aus wie diese Dame.»

Alle Augenpaare richteten sich auf mich.

Kneipenotto und ich starrten uns an. Zu meinem Ärger musste ich feststellen, dass er seinen nächtlichen Ausflug besser weggesteckt hatte als ich. Bis auf ein paar Kratzer schien ihm nichts zu fehlen.

Na gut, er hatte gewonnen - ich würde ihn heiraten!

Nachwort

Es sind Geschichten, die teilweise seit Jahren in meiner Schublade schlummern. Ein paar von ihnen sind bereits in Anthologien erschienen. Doch es gibt auch andere Erzählungen, die noch nicht bekannt sind und die ich gern teilen wollte. Ich danke allen Lesern, die sich die Zeit genommen haben. Ich hoffe, Sie hatten Ihre Freude daran.

Die Geschichten «Die Natur hilft sich selbst» und «25 Minuten» sind Randgeschichten zu meiner mittlerweile 5-teiligen Krimireihe um Hauptkommissar Konrad von Kamm, erschienen im bookshouse-Verlag.

«Liebe-Glaube-Hoffnung» ist die Vorgeschichte zu «Die Hüter der Reliquie», die im gleichen Verlag erschienen ist.

«Spring!» War ein Grundgedanke zu «Die Lüge von Amergin Manor» ein Aufbruch ins Ungewisse. Natürlich nahm Jolanda kein Hausboot, sondern die Fähre nach Irland, versteht sich.

Wer gern wissen möchte, wie es weitergeht – ich würde mich freuen, wenn Sie meine Homepage besuchten. hppt://antonia-guender-freytag.de/bücher

Bleiben Sie gesund!

Die im Inhalt genannten Personen sind frei erfunden. Sollten Ähnlichkeiten mit tatsächlich existierenden, lebenden oder toten Personen oder stattgefundene Handlungen entstanden sein oder sollte solch ein Eindruck entstehen, so ist das von der Autorin auf keinen Fall gewollt oder beabsichtigt.